Fortaleza

Editora Appris Ltda.
1.ª Edição - Copyright© 2024 da autora
Direitos de Edição Reservados à Editora Appris Ltda.

Nenhuma parte desta obra poderá ser utilizada indevidamente, sem estar de acordo com a Lei nº 9.610/98. Se incorreções forem encontradas, serão de exclusiva responsabilidade de seus organizadores. Foi realizado o Depósito Legal na Fundação Biblioteca Nacional, de acordo com as Leis nºs 10.994, de 14/12/2004, e 12.192, de 14/01/2010.

Catalogação na Fonte
Elaborado por: Dayanne Leal Souza
Bibliotecária CRB 9/2162

	Nieves. D., Lennys. L.
N682f	Fortaleza / Lennys. L. Nieves. D. – 1. ed. – Curitiba: Appris, 2024.
2024	131 p. : il. ; 23 cm.
	ISBN 978-65-250-6299-0
	1. Fantasia. 2. Infância. 3. Novela. I. Nieves. D., Lennys. L. II. Título.
	CDD – 860

Appris *editora*

Editora e Livraria Appris Ltda.
Av. Manoel Ribas, 2265 – Mercês
Curitiba/PR – CEP: 80810-002
Tel. (41) 3156 - 4731
www.editoraappris.com.br

Printed in Brazil
Impresso no Brasil

Lennys. L. Nieves. D.

Fortaleza

Appris
editora

Curitiba, PR

2024

FICHA TÉCNICA

EDITORIAL	Augusto Coelho
	Sara C. de Andrade Coelho
COMITÊ EDITORIAL	Ana El Achkar (UNIVERSO/RJ)
	Andréa Barbosa Gouveia (UFPR)
	Conrado Moreira Mendes (PUC-MG)
	Eliete Correia dos Santos (UEPB)
	Fabiano Santos (UERJ/IESP)
	Francinete Fernandes de Sousa (UEPB)
	Francisco Carlos Duarte (PUCPR)
	Francisco de Assis (Fiam-Faam, SP, Brasil)
	Jacques de Lima Ferreira (UP)
	Juliana Reichert Assunção Tonelli (UEL)
	Maria Aparecida Barbosa (USP)
	Maria Helena Zamora (PUC-Rio)
	Maria Margarida de Andrade (Umack)
	Marilda Aparecida Behrens (PUCPR)
	Marli Caetano
	Roque Ismael da Costa Güllich (UFFS)
	Toni Reis (UFPR)
	Valdomiro de Oliveira (UFPR)
	Valério Brusamolin (IFPR)
SUPERVISOR DA PRODUÇÃO	Renata Cristina Lopes Miccelli
PRODUÇÃO EDITORIAL	Bruna Holmen
DIAGRAMAÇÃO	Amélia Lopes
CAPA	Daniela Baumguertner
REVISÃO DE PROVA	Sabrina Costa

*Para todos aquellos que por años han luchado
contra sus recuerdos y les ha costado perdonarse, Shoganai.*

Sumário

Prólogo...9

Capítulo I 12

Capítulo II...16

Capítulo III..18

Capítulo IV...22

Capítulo V 25

Capítulo VI...28

Capítulo VII..34

Capítulo VIII...38

Capítulo IX...46

Capítulo X 61

Capítulo XI...65

Capítulo XII..68

Capítulo XIII...71

Capítulo XIV..78

Capítulo XV...81

Capítulo XVI..86

Capítulo XVII...91

Capitulo XVIII..98

Capítulo XIX...105

Capítulo XX..107

Capítulo XXI...111

Capítulo XXII..117

Capítulo XXIII...123

Prólogo

20/11/18

Empecé por ser nada desde hace 15 años; sólo una pequeña oveja en un rebaño poco concurrido por su pastor, que al comenzar sus primeros años de vida cayó en la trampa de un lobo. Un lobo hambriento por la locura, por su naturaleza, un lobo que llevaba una máscara de perro para pasar desapercibido, y lo logro porque caí como presa fácil en sus garras.

Aún continúo buscando la salida de esta penumbra que me asecha y que trae consigo dolorosos recuerdos, sin embargo, mi búsqueda se detiene por largos intervalos y deseo renunciar, dejar de luchar, lo he pensado mucho y me recrimino mi cobardía, pero, hay días en los que todo se vuelve más abrumador y las fuerzas se me acaban. He deseado acabar con todo lo que conozco, aniquilar los recuerdos que me pesan y con ellos a todos los que están a mi alrededor, he reflexionado sobre mis deseos y llegue a la conclusión de que tal vez sea débil, que realmente soy lo que siempre se ha dicho de mí; una cobarde rencorosa que se deja dominar por sus emociones y pensamientos negativos, quizá sea cierto.

Las noches lluviosas para mí se convirtieron en favoritas, al igual que los días donde me recostaba en la cama a llorar ahogadamente por aguantar otro día conviviendo con un sujeto dominante y manipulador. En ocasiones llegue a confundir sus actos de agresión psicológica con manifestaciones de cariño por la falta de una figura paternal. En serio creí que todo lo que hacía merecía una justificación.

Las migrañas para mi eran como un anuncio a la muerta segura que tanto había esperado, pero, que jamás paso por mi puerta para llevarme, aún en la enfermedad más devastadora que hubiera tenido.

Mi vida, mis esperanzas y mis sueños habían muerto desde hace tres años, sin embargo, mi alma aún estaba allí, gritándome desde el más oscuro rincón de mi cuerpo yacido en mi lecho de supuesto descanso.

Y cómo olvidar los maltratos. Esos fueron los buenos días y el pan nuestro de cada maldita mañana. Ni hablar de la frivolidad y frialdad de las noches llorosas, esas eran las más deliciosas; esas eran las canciones de cuna de la pequeña niña que había muerto hace mucho tiempo.

23/11/18

A veces me imaginaba ver una batalla de demonios con seres vivos; incluso desee que uno de ellos se presentara en mi casa y me llevara arrastrando hacia el infierno. Algunas veces cuando lloraba por frustración e ira, maquinaba asesinar brutalmente a mi "familia", sé que era una mala idea, sin embargo, era tan tentadora que me divertía el simple hecho de pensar en las posibles consecuencias.

Fueron tantas las veces que imaginé que un demonio de aspecto horrible me asechaba por las noches en casa; que no fue hasta hace

Fortaleza

algunos años que entendí que la realidad siempre supera la ficción y que desde siempre conviví con ellos. Yo era muy joven para saberlo entonces, pero, un día entendí que residía en un rincón del infierno; me sorprendió cuando descubrí que no toda casa es un lugar seguro.

Creo que jamás hubiera pensando que aquel lugar del que deseaba con desesperación huir me perseguiría por el resto de mi vida a través de sueños; sueños que con el tiempo se volverían asuntos sin resolver y heridas que cicatrizar.

05/12/18

Las personas con las que suelo hablar no tienen ni la menor idea del alivio que he sentido al imaginar el fin de mi vida, es como encontrar la paz aún con el ruido y caos en mi cabeza.

Intento cada día de mi asquerosa e indeseada existencia aprender a sobrellevar todas las cosas que me abruman, callar de una vez por todas las voces en mi cabeza, intento ignorar mis estúpidos pensamientos que nunca dejan fluir mis ideas libremente, trato de reprimir todo sentimiento de culpa y pena hacia mí, por lo que otros me han hecho, pero, entre más lucho más larga y dura es la batalla.

A veces pienso que simplemente no puedo más, que tal vez debería ponerle punto final a esta absurda obra llamada vida, seria hermoso; lo he pensado mucho durante años, el fin de enfermedades, de traiciones, el fin de los sentimientos de culpa o de cualquier tipo de sentimientos y emociones, por fin ya no sentir dolor. He deseado mucho poder sentirme en paz conmigo, con mi mente y mi cuerpo, he deseado con demasiadas ansias sentirme segura, tan segura que ya no piense en la necesidad de saltar de un lugar a otro en busca de un verdadero hogar; pero, no importa cuanto lo desee, siempre ganaran mis deseos de acabar con mi existencia, es algo que me repasa.

Capítulo I

Una tarde tranquila, en un hermoso santuario que encontré entre las ruinas de un museo cerca de una carretera solitaria, se manifestaba en aquel momento mientras yo me encontraba sentada en el suelo nuevamente perdida entre mis recuerdos, cuando de pronto un monje budista con una túnica de color durazno atravesó los escombros de aquel museo, camino con cautela acercándose a mí, y procedió a sacarme de mi ensoñación emitiendo el sonido de una ligera tos.

Desvié mi atención hacia sus ojos, y el monje se inclinó ligeramente para presentarse.

-¡Hola! mi nombre es Chuang Lee —extendió su mano derecha y yo la estreche en respuesta-. Lamento haberla interrumpido, debo decirle que he venido por usted, para escucharla. No es necesario que se presente ya sé su nombre; somos amigos, solo que aún no lo recuerda.

Me había parecido de mal gusto que me interrumpiera, pero, mi irritación paso a un segundo plano cuando escuche la última oración que me dijo. ¿Cómo era posible que ya nos conociéramos, si jamás lo había visto hasta ese momento? Su

Fortaleza

inusual aparición me intrigo mucho y quería indagar un poco sobre la amistad que mencionaba.

-¿Para escucharme? –pregunte al levantarme del suelo- ¿Qué le gustaría que le dijera?

-Lo que usted quiera decirme, estoy aquí para eso, le brindo mi atención y objetividad para lo que desee compartir conmigo.

-Entonces, supongo que sabe por qué estoy aquí todas las tardes ¿no? –el monje me intrigaba mucho, parecía ser un personaje sacado de alguna historia de sabios y reyes.

-De hecho, no, no lo sé –hizo una breve pausa y continuo-. Cuénteme usted ¿Qué es lo que le gusta tanto de estas ruinas? Dígame ¿por qué no ha querido avanzar? ¿Qué herida aún sigue sangrando dentro de su ser después de tanto tiempo?

-En respuesta a su primera pregunta, me temo que lo decepcione, pero, la verdad es que me siento en paz en este lugar, un poco, algunas veces. Lo que me lleva a darle una respuesta a su segunda pregunta, ya que me siento tranquila y bastante aislada estando aquí, no encuentro razones justificables para avanzar cuando aún no me siento del todo lista.

-Comprendo y en respuesta a la última pregunta ¿qué quiere decirme?

-Ignoro por completo el hecho de que aun sangre o no alguna de mis heridas.

-No siempre las ignoro, aun no lo recuerda, pero, usted llego a un estado en el que ya no actúa en automático, ahora se permite sentir y vivir todo ese caos mental y emocional del que solía huir.

-Usted habla de una persona diferente a mí, de una versión que no soy.

-Tiene toda la razón, señorita Beth –me sorprendió que realmente supiera mi nombre-. Hablo de la versión de usted que yo conozco, de la versión de ahora con la que estoy hablando y de la versión en la que se transformó.

-Me agrada escuchar que no me quede atrapada en el mismo hoyo que yo cave.

-Señorita Beth, ¿puedo saber por qué está molesta?

-¿Por qué supone que estoy molesta? –pregunte sin entender a qué punto quería llegar.

-No estoy suponiendo nada, note el ambiente tenso cuando entre. ¿Es debido a sus recuerdos de la infancia?

-Voy a reservarme esa respuesta. Usted dígame, ¿de dónde nos conocemos? Parece saber mucho sobre mí, y empiezo a creerme el cuento de que somos amigos.

-Sus preguntas tendrán respuestas en su debido momento. Por ahora hablemos de lo que usted desee.

-Tengo otra pregunta.

-Formule su pregunta, y si está en mí darle una respuesta que satisfaga su curiosidad, lo haré.

-Ok, puedo con eso, ¿realmente usted existe o lo estoy imaginando todo?

-Ambas cosas son reales, usted y yo nos conocemos, soy tan real como imaginario.

-O sea que, esto es todo parte de mi ensoñación, pero, si existe fuera de aquí. Tiene sentido. Y entonces ¿Por qué no recuerdo haberlo conocido?

-Porque aún no llega hasta esa memoria. No se precipite, tiene que ir pausadamente sin saltarse nada para que logre ver con claridad las cosas.

-Usted es bastante curioso, me agrada. Qué bueno que es de carne y hueso, jamás se me hubiera ocurrido un personaje que se asemejara si quiera un poco a usted.

-Pero, ya se le ocurrió.

Fortaleza

-Es cierto, pero, me refería a imaginar un personaje tan completo y diferente a lo que soy.

-¿Y cómo es usted?

-Pesimista, aburrida, rencorosa, un tanto primitiva e imposible de entender incluso por mí misma.

-Esas son etiquetas que ya no la definen, usted no es todo eso. Es un tanto más compleja de lo puede llegar a pensar.

-¿Cómo me percibe usted?

-Eso no es importante, como la perciben los demás no es lo que realmente es usted. Todos, incluyéndome, somos seres que experimentan sensaciones, emociones, y sentimientos complejos a través de un cuerpo humano, no nos definen palabras, ni como reaccionamos ante lo que nos sucede o nos hagan, nos definen nuestras acciones con base en lo que hemos aprendido.

-Bastante complejo para procesarlo en una charla.

-Un poco, lo entenderá en su momento, cuando haya experimentado y aprendido lo suficiente, como para procesar todo lo que digo.

-Eso suena a que pasara mucho tiempo.

-Sí, todo proceso lleva su tiempo. Como le dije antes, no se precipite, todo pasa a su debido momento.

Se hacía oscuro cuando el señor Chuang Lee decidió marcharse, se despidió con una ligera inclinación mientras que yo volví a sentarme analizando lo ocurrido y deseando que el cansancio no me venciera, porque ello implicaba despertar de mi ilusión y volver a la realidad donde estaría sola otra vez.

Capítulo II

Es curioso como algunas personas describen el concepto de familia y lo entienden, porque cada uno le aplica muchos significados que implican amor, sin embargo, yo nunca lo entendí. Familia un concepto simple, pero, tan importante para muchos, excepto para mí, ¿Por qué? Porque en realidad nunca tuve una verdadera familia, nos unía la sangre, pero, nada más.

Hace algunos años cuando cursaba sexto grado, tuve que realizar una investigación sobre el día del abrazo en familia; cuando en la escuela hubo la celebración de dicho día todos los niños abrazaron a sus familias con amor y cariño, excepto yo; en ese tiempo vivía con un demonio (mi padre) y cuando lo invite a dicha cerebración él simplemente no asistió, me dejo sola como muchas otras veces.

Con el pasar de los años su indiferencia hacia mi bienestar emocional dejo de importarme, pronto entendí que me encontraba sola y no podía apoyarme en el hombro de quien decía ser mi única familia. Naturalmente él nunca se interesó en lo que yo quería o si me sentía bien estando bajo su régimen o no, por lo tanto, volví a adoptar mi postura de silencio y me cerré por completo construyendo un muro entre ambos.

Fortaleza

Siempre estuve sola, estuviera o no presente alguien conmigo. En un principio le temía a estar sola, pero, sin importar cuantas personas me rodearan siempre me sentí en soledad, aislada, como un ser pequeño y extraño que luchaba internamente por seguir el curso del resto. Que horrible es que alguien esté presente, pero, al mismo tiempo más ausente que nunca. Mi padre era una de esas personas, su cuerpo y su mente estaban presente en todo, en reuniones donde las charlas eran vacías y vanidosas, cuando presumía de ser un gran padre, sin embargo, en casa no era más que un pequeño hombrecito con muchos complejos que le gustaba repartir muy sutilmente; cuando realmente necesite de él, nunca estuvo para mí; era irónico, él le decía muchas veces a los demás que siempre estaba presente para sus amadas hijas; que gran mentira.

"La soledad no consiste en no tener personas alrededor, sino en no poder comunicar las cosas que a uno le parece importantes, o de callar ciertos puntos de vista que otros encuentran inadmisibles".

Carl Gustav Jung.

Capítulo III

El día de hoy se avecina una tormenta, el cielo presenta nubosidad a un nivel muy alto y el viento es muy fuerte, los arboles bailan con el brusco movimiento de las brisas, las aves buscan desesperadamente refugio y la ciudad brilla por la ausencia de sus habitantes, las calles están desiertas, las personas encerradas en sus casas resguardadas bajos sus techos, los comerciantes cerrando sus negocios y yo me encuentro perdida pensando en el ayer entre la proximidad de los rayos; estoy parada frente a una ventana reviviendo un vago recuerdo que viaja desde la vida de una pequeña criatura que observa el mundo con ojos de ilusión y lo escucha creyendo ser su confidente.

En sus recuerdos se puede sentir la verdadera felicidad, la inocencia y vulnerabilidad que todos tenemos en la niñez. De repente, ya no es un recuerdo, la veo frente a mí; ahora estoy en la calle desierta bajo un cielo con presagio de tormenta y desastre, el aire es frio y se escuchan truenos a lo lejos.

-Ahí está, clavando su mirada vacía en mí -dije muy bajito.

La niña tiene puesto un vestido blanco manchado con sangre en la falda, su cabello está enredado y sus pies sucios y descalzos.

Fortaleza

Aquella criatura tiene la marca de un cigarrillo en su mano izquierda, la palabra <<VIVA>> en su frente y en sus ojos un color negro que representaba el abismo. La niña se acerca a mí a la velocidad de un parpadeo y me susurra al oído.

-Todo pasara y serás feliz como yo lo soy –su susurro me produce escalofríos.

De pronto la niña desaparece en un abrir y cerrar de ojos sin permitirme preguntar: ¿Qué pasara?

Un suceso extraño ocurrió ese mismo domingo de tormenta en el santuario; las ruinas del museo que cayeron hace muchos años ahora volvían a su posición original, pero, sólo algunas de ellas, sólo las más pequeñas, como si se restaurara por sí misma.

-Parece que sanara –dije en voz alta ladeando la cabeza hacia la derecha.

-Exactamente eso es, algo aquí adentro esta sanando, para ser más preciso algo dentro de usted, señorita Beth –escuche la voz del señor Chuang Lee detrás de mí.

-Hola, no lo esperaba por aquí esta vez –le respondí al voltear.

-Lo sé, pase para saludar y continuar nuestra conversación.

-No le creo, ¿a qué ha venido exactamente?

-He venido a ofrecerle ayuda, sé que ha dejado de lado su orgullo y busca ayuda, pero, nadie ha podido brindársela.

-¿Cómo está tan seguro de eso?

-Porque al igual que usted, yo también busque ayuda y no supieron como brindármela; olvide que contaba con la única persona que estuvo siempre a mi lado desde el inicio de todo, conmigo mismo. A veces, nos encontramos tan sumergidos en nuestro pasado y tan preocupados por el futuro, que olvidamos cuidar de nosotros mismos.

-No supe que necesitaba ayuda hasta que me encontré lidiando con pensamientos y emociones que me superaban, hace ya un tiempo de eso.

-Yo nunca creí necesitar ayuda hasta que me encontré una vez en el baño de mi habitación mirándome en el espejo paralizado por recordar un evento traumático que pensé haber olvidado. Así que, puedo decir que la entiendo perfectamente.

-Nunca le dije a nadie que muchas veces trate de convencerme de que todo estaba bien, incluso los días en los me sentí como una mierda; entre más ignoraba y suprimía esas emociones que consideraba negativas más dolían, hasta que llegaba a un punto donde no podía seguir aguantando y explotaba de forma violenta. Mi padre me hacía sentir culpable por como reaccionaba ante sus presiones, me hizo sentir culpa por no saber cómo gestionar mi enojo, me hacía ver como un ser pequeño, inmaduro, quejumbroso y mal agradecido. Tarde un tiempo en darme cuenta que no tenía por qué estar bien siempre.

-Tenemos que aprender a sentirnos mal, no ignorar el malestar, sino sentirlo, aprender a vivir con nuestra oscuridad. Cuesta aceptarlo en un principio, pero, al final uno comprende que es lo más sano.

-Sí, tiene razón ¿Alguna vez ha sentido que cuento más silencioso es todo afuera se escuchan con mayor fuerza las voces en su cabeza?

-Sí, lo he sentido muchas veces, el flujo constante de pensamientos que no tienen mucha importancia, pero, permanecen por un largo tiempo haciendo ruido, mientras que todo lo demás está muy quieto y silencioso.

-Pensé muchas veces en volarme los sesos cuando mis pensamientos hacían mucho ruido. Lo imaginaba todo, el estruendo del arma, el agujero en mi cabeza, el charco de sangre en el suelo, los vecinos chismosos especulando sobre lo ocurrido.

-¿Qué la detuvo?

-El hecho de que la mancha no se quitaría fácilmente. Y la probabilidad de que mi cuerpo tardaría en ser removido de la escena. En fin, pequeñeces, la verdad es que soy muy perfeccionista, y si me voy a suicidar tengo que planearlo con cabeza fría y saber muy bien a quien quiero joder con eso. Llámame rencorosa o vengativa, a mi parecer,

Fortaleza

eso sería una salida dramática, y ya que me lo han dicho tanto, me tomo muy enserio mi papel.

-Asumir un papel con el que los demás la describen es un claro acto suicida.

-Es cierto, una se come esa mierda y lo asume como si realmente la definiera. Supongo que todo está en la versión que cada quien tiene sobre los demás.

-Correcto. Las cosas que los demás dicen sobre nosotros dejan de tener importancia cuando ya no tomamos nada personal.

-Se tarda en comprender, pero, eventualmente tiene mucho sentido.

-Sí, tiene mucho sentido después, cuando maduras.

-En algún momento me ganara la idea del suicidio, por mucho que intente sentirme bien –el señor Chuang Lee me miro con melancolía y toco mi hombro izquierdo, suspiro y hablo.

-Algunas ideas son bastantes corrosivas, pero, no hay que pelear contra ellas, sino aprender a restarles cierta importancia. Nuestra mente también puede llegar a convertirse en nuestro mayor enemigo, tenga eso en cuenta cuando la sobrepasen los pensamientos abrumadores –quito su mano de mi hombro, inclino su cabeza con brevedad y se fue sin decir nada más.

Capítulo IV

Con el pasar de los años, un día tome el valor suficiente para salir de aquellos espacios vacíos que conocía como mi hogar y entonces, un día ordinario encontré un lugar al que podía ir siempre que estuviera abrumada, frustrada o confundida. Estaba en ruinas, le faltaba algunas puertas y el techo, algunas ventanas estaban rotas y las paredes tenían enormes manchas de humedad; era perfecto para mí. Se parecía a la casa donde vivía, eran igual en muchos aspectos, siempre que llovía la tormenta se concentraba dentro de aquellas paredes, el frio nos hacía estremecer hasta desear la muerte y cuando el sol salía desde las 6:00 a.m. y se ocultaba las 6:30 p.m. sentíamos morir quemados; la única diferencia era la tranquilidad, la casa que habitaba era un lugar hostil, vacío y completamente sombrío aun con lo poco que le quedaba de techo; en cambio aquel lugar era un santuario, reinaba la tranquilidad incluso en los días de lluvia.

Crecí en un pequeño pueblo que antes había sido una comunidad formada por haciendas ganaderas, y tiempo después adopto el título de ciudad llegando a convertirse en la capital de tres estados del país (uno de los estados quedo

Fortaleza

extinto años después o más bien fue dividido formando varios de los estados que existen actualmente); mis abuelos paternos nacieron y crecieron en dicha ciudad en una época en la que el comercio había crecido y enviaban mercancía desde un punto del pueblo al que llamaban la redoma hasta la capital del estado vecino. Mi padre nació y creció al igual que mis abuelos en la pequeña ciudad que en poco tiempo se urbanizo. Mi madre nació en la capital del país; hija de padres extranjeros, uno de ellos (mi abuelo) huyo de Europa con mis bisabuelos durante la guerra fría cuando tenía 8 años. Mis padres se conocieron en la ciudad natal de mi padre llamada la Gran villa; ambos trabajaban en una fábrica de electrónicos; después de un tiempo de coqueteos por parte de mi padre ambos toman la terrible decisión de vivir juntos con mis dos hermanos mayores (producto de la relación anterior de mi madre); meses más tarde mi madre queda embarazada de mí y se convierte en ama de casa mientras que mi padre renuncia a la fábrica donde se conocieron y obtiene un nuevo empleo en una empresa que acababan de inaugurar un poco retirado de la ciudad, dos años después nace Isabel (la imagen y semejanza en comportamiento y actitud de mi padre).

Un día de marzo faltando 15 o 14 días para cumplirse dos meses de mi cuarto cumpleaños mi madre se fue con mis hermanos mayores y nunca más volvió por nosotras, según mi padre, ella nos había abandonado porque éramos una carga y prefirió dejarle a él la responsabilidad de "cuidarnos". Vivíamos en un barrio peligroso donde los primeros habitantes fueron hombres y mujeres con malas intenciones y la gran mayoría poseía terrenos donde construían altares para hacer sacrificios con animales, los otros habitantes eran mujeres a las que se les llamaba pos pago o mujeres de la antigua profesión. Con el nacimiento de Isabel mi padre decidió comprar un terreno en aquel barrio y comenzar a edificar, al igual que él, llegaron muchas familias a las que les fueron vendidas aquellas tierras manchadas de sangre o como las llamaron después, terrenos malditos. Toda la ciudad estaba repleta de pequeños barrios y comunidades medianas con terrenos malditos. Cuando mamá se fue me toco cuidar de Isabel y de mi misma; la abuela nos cuidaba algunas veces; para ser exacta cuando mi padre se iba desde la tarde de un jueves y regresaba a la madrugada siguiente borracho.

Viviendo en aquel barrio nos tocó a Isabel y a mi presenciar el deterioro de las casas vecinas y la corrupción a la que llegaron los jóvenes que habíamos visto mudarse y crecer en la comunidad. Sufrimos por los servicios que con cada año se volvían cada vez más escasos (entre ellos el agua). La escuela que me llego a parecer un lugar de escape se había convertido en un lugar solitario y cruel; siempre me esforzaba académicamente a pesar de que no contaba con los mismos recursos que algunos de mis compañeros tenían para realizar las actividades escolares, pero, sin importar cuanto me esforzara o cuan complaciente llegase a ser con muchos de ellos, en ningún momento sentí que me respetaran ni en la escuela ni en casa. En ningún momento faltaron las burlas por partes de mis compañeros ni por parte de mis familiares. Un día mi padre decidió que yo tendría que hacerme cargo de Isabel y tendría que pasar buscándola en la escuela así yo tuviera o no clases, por si fuera poco, Isabel se aprovechaba de la situación y cada vez que iba a buscarla se escondía por hora y media o salía corriendo por toda la institución; al llegar a casa le inventaba cualquier cosa a nuestro padre y siempre terminaba por regañarme o insultándome. Al ingresar a la secundaria cada vez que regresaba a la casa me encontraba con redadas y allanamientos que hacían los policías en el barrio buscando sustancias nocivas en la casa de uno de mis vecinos, eso duro casi un año hasta que los jóvenes de la corrupta comunidad se armaron y comenzaron peleas y tiroteos entre bandas criminales de barrios vecinos. En secundaria tampoco hubo mejorías, de hecho, me había perdido el respeto a mí misma y muchas veces desee morirme y entable amistad con una persona que fue incluso más dañina que mi padre. Fueron años de sentirme insuficiente, inútil y merecedora de todas las cosas malas en las que solía estar atrapada. Hasta que cree un mundo dentro de mi cabeza donde podía estar en paz conmigo misma, un santuario.

Capítulo V

Podría decirse que todo comenzó un fin de semana en el que recuerdo me acerque a la habitación de mi padre y le pregunte como fue su vida de niño.

Recuerdo que esa semana en la escuela, mientras cursaba segundo grado de primaria la maestra hablo con una compañera de clases sobre el sacrificio que hizo su madre para llevarla ese día al colegio, le explico lo que sacrifico para poder comprarle sus materiales escolares y le conto sobre todas las cosas que los padres hacen por sus hijos, el resto de la clase estaba concentrada en sus actividades escolares, pero yo observaba y escuchaba de lejos atentamente lo ocurrido. Luego del evento me tome la libertad de preguntar sobre la niñez de mi padre y para mi sorpresa no sólo supe su historia, además de eso descubrí una de las mayores heridas que jamás pudo sanar, herida que se convirtió en el legado que nos dejaría una vez estuviese muerto.

Mi padre había sido abandonado por lo único que en aquel entonces conoció como familia; con el pasar de los años le toco aceptar muchas cosas, no obstante, no fue capaz de perdonar, producto de su incapacidad para perdonar se volvió un ser carente de empatía, la amargura lo consumió y el vicio del alcohol lo convirtió en arrogante, lo cierto es que decidió seguir cargando un peso innecesario y esto lo destruyo.

Recuerdo que lo escuchaba quejarse de sus padres una y otra vez, para nada, pues vivamente cometió los mismos errores que ellos; ciertamente él nunca nos abandonó en presencia, aunque sí de muchas otras maneras. Hubo noches en las que se iba a cierta hora y regresaba de madrugada con el aliento apestoso a licor, incluso durante esas noches de torpeza él nos despertaba, se sentaba a la orilla de la cama, nos abrazaba, nos decía a mi hermana y a mí que nos amaba y se perdía entre los recuerdos mirando algún punto en el suelo o la pared, esos eran uno de los momentos más extraños para mí, junto con aquellos días fríos y tétricos en los que solía sentirse solo, en ese tiempo nos decía lo importantes que éramos para él, siempre con tono melancólico.

En realidad, fueron escasas las ocasiones en las que nos decía que nos amaba; siempre eran esas veces en las que estaba embriagado o cuando se sentía por completo solo, todavía cuando nuestras voces llenaban de entusiasmo la casa.

Aun cuando dormía exhausta podía recordar a través de sueños el día que conocí a George, mi medio hermano, para entonces yo tenía a mi padre como mi ejemplo, lo admiraba, creía que era el mejor papá del mundo porque tras el abandono de mi madre él se quedó con nosotros, pero, realmente no era así.

George era hijo de una de las tantas relaciones fallidas de mi padre; pues resulto que, tras el abandono de sus padres, él busco con desesperación llenar ese vacío que le dejaron, conoció a muchas mujeres, pero todas optaron por dejarlo, hasta la madre de George. Pero, lo malo no fue el hecho de que tuviera otro hijo, lo malo fue que jamás nos habló de él y tampoco se interesó en él. Cuando lo conocí, yo estaba con mi abuela (quizás ella nunca hubiese visto por mi padre, sin embargo, para mí fue como una segunda madre), nos encontrábamos sentadas en un tronco seco y robusto situado en una

Fortaleza

esquina de su patio, mi abuela me contaba algo sobre su vida y de la nada me hizo una pregunta.

-¿Qué pasaría si te dijera que tienes otro hermano aparte de Adams y Carlos?

-Diría que no te creo –dije segura de mí, tenía 7 años cuando sucedió-; los únicos hermanos que tengo son Adams e Isabel por parte de papá y Clara y Carlos por parte de mamá.

-No, lo digo en serio, tu padre tuvo otro hijo con una mujer llamada Emma.

-¡De verdad! ¿Y cómo se llama?

-Él se llama George y te está esperando en la casa de tu tía Madeline.

Minutos después de recibir la noticia fui a la casa de la tía Madeline a conocer a mi hermano. Pregunte por él al llegar a la casa y me dijeron que me estaba esperando en la habitación de Charly (gemelo de mi prima Sabrina), al entrar a la habitación me sorprendió no ver a nadie, entonces decidí marcharme y de repente George salió de sorpresa detrás de la puerta y me asusto, escuche su grito de emoción al salir del escondite diciéndome: ¡HERMANITA! con los brazos extendidos, la emoción que me causo fue tanta que esboce una enorme sonrisa. Sin embargo, mi alegría pronto se desvaneció cuando comprendí la situación; de no haber sido por mi abuela quizá jamás hubiese conocido a mi otro hermano y por otra parte llegue a la conclusión de que mi padre nunca lo amo como decía que nos quería a nosotros, las veces que trataba de hablar con él respecto a George el siempre omitía el tema y se ponía de mal humor al tiempo que blasfemaba sobre su madre (mi abuela).

Creo que esa fue la primera vez que me decepcione de alguien, de hecho, algunas veces venían a mi memoria aquellos episodios y lo único que podía hacer era recostarme en un rincón de la cama a obscuras para llorar ahogadamente bajo mis frías sabanas.

Capítulo VI

24/09/19
Pensamientos delirantes.

Existieron días en mi vida en los que veía el mundo de otra manera; a veces me sorprendía pensando en cosas que no entendía; me resultaban intolerables esos días en los que despertar no era un deseo y descubres que todo se ha vuelto agobiante para ti, sin sentido, como si te faltara algo completamente esencial, como si aquel día por si solo tratara de enseñarte, mostrarte o incluso decirte algo, era como si trataras de descubrir el misterio más grande de tu vida, para después darte cuenta que estas llorando sin motivo, que cada día que despiertas resulta que no tiene sentido y de la nada la amargura quiere tomar terreno y ventaja de aquel desequilibrio que te quebranta hasta la más mínima esperanza.

Hubo días en los que sentía que una enfermedad se desarrollaba dentro de mí con demasiada rapidez, era como si una fiebre se esparciera por todo mi cuerpo y sintiera todo con mayor dolor, como si me hubiese alejado de algo verdaderamente importante y pagara por mi falta; esos días

Fortaleza

eran similares a una pesadilla donde acabas en un hoyo profundo y envejecieras a cada maldito segundo, inclusive perdía la cordura en algunos instantes, no sabía diferenciar entre lo real o la ilusión, no sabía si estaba despierta o si continuaba soñando esperando a que algo o alguien lograra sacarme de aquella pesadilla.

A veces despertaba y al mirarme en el espejo no lograba reconocer mi reflejo, mi semblante había cambiado, me veía ojerosa, con unos ojos pequeños y vacíos, envejecida antes de tiempo, como si alguna entidad maligna hubiera pasado la noche anterior llevándose los años que me restaban de vida como especie de pago por algún deleite.

La rutina era mi inyección diaria, un vicio que se volvió destructivo, cuyo veneno actuaba de una manera lenta y segura.

Hubo días en los que mi amarga soledad dejaba de ser incomodad, y lo sé, quizás esté loca, pero, estoy segura de que mi ser se estaba transformando en algo que no comprendía del todo. *Beth.*

Septiembre 24 era la fecha del tercer aniversario de fallecido de mi hermano y mejor amigo Adams, quien decidió suicidarse cuando yo tenía 13 años.

Adams era dos años mayor que yo, de ojos oscuros recargados de nostalgia, con un corazón destrozado por la vida, en ocasiones optimistas y otras no tanto, él fue uno de los mejores chicos en la familia y con eso me refiero a que siempre fue distinto al resto, era un joven sencillo, soñador, apasionado y romántico, pero, estaba destrozado.

Adams mentalmente era un joven de 25 años, comprendía cosas que chicos de su edad no podían y eso lo volvía extraño delante de los demás, él era el único ser que lograba entenderme aun cuando mi silencio era más notorio. Desde que tengo memoria siempre he sido una joven silenciosa, nunca me gusto entablar conversaciones con otras personas o al menos conversaciones que trataran sobre mi vida personal y por ese aspecto de mi personalidad todos en la familia me señalaban, con excepción de Adams. La mayoría de las veces cuando no quería hablar sobre lo que me pasaba me sentaba en el frente de la casa a distraerme mientras observaba la caída del sol y Adams automáticamente percibía mi estado de ánimo, luego se sentaba a mi izquierda sin hacer ninguna pregunta, ni el más mínimo sonido y se quedaba acompañándome hasta que nos llamaban para cenar.

En una de esas tardes Adams escribía un pensamiento en un pedazo de papel y sin apartar la vista de él me confesó algo.

-Quería decirte esto desde hace mucho tiempo, pero, no encontraba las palabras adecuadas -Aparto su mirada del papel mientras lo colocaba a su izquierda ahora mirando hacia el horizonte repleto de nubes pigmentadas de dorado por los rayos del sol-; he pensado mucho sobre nuestras vidas, en lo mucho que deseo ser feliz durante el tiempo que me queda, pensé en George, en lo triste que debe de sentirse por el desdén de nuestro padre, pensé en ti, en tu escandaloso silencio -dijo mientras reía-; estuve pensando mucho en todos los aspectos de tu vida que no podré llegar a sufrir y celebrar contigo y llegue a pensar que posiblemente no podré verte feliz como yo quisiera.

No había necesidad de preguntar que intentaba decir, porque, aunque era amargo si quiera pensarlo ya era un hecho, Adams estaba harto de todo aquello y yo lo sabía, al igual que él yo también me sentía así.

-No tienes que explicármelo, lo entiendo.

-Lo sé, es sólo que temía hacerte llorar como lo haces noches seguidas con la almohada en el rostro para ahogar el sonido de tus sollozos, también es porque eres el único ser en la tierra a quien de verdad amo como una verdadera familia, lo siento mucho, no quería hacer realidad el sueño de nuestro padre de deshacerse de nosotros, pero, es que no puedo...

-No puedes seguir soportando esta vida que llevamos. No tienes que disculparte, te entiendo, casi siempre me siento igual, a veces parece que todo a nuestro alrededor estuviera podrido, seco, esperando solamente la muerte o quizás un milagro inexistente.

-Sí, exactamente igual, es así como percibo todo lo que sucede.

Fortaleza

-¿Cuánto tiempo?

-¿Qué?

-¿Cuánto tiempo te quedaras?

-Una semana y entonces diré adiós a todo, sabes a que me refiero ¿no?

-Quisiera decir que sí, pero, no es verdad -mentí.

-A lo que me refiero es a que intentare ser feliz, aunque nuestro padre haga todo a su alcance para que esto no sea posible, de esa forma será más valioso, claro, todo esto será junto a ti, luego un día antes de marcharme te dejare mi último escrito, al leerlo descubrirás que todos me olvidaron, que siempre estuviste sola, acompañada por espectros que sólo tú puedes ver y que toda tu vida ha sido prácticamente una ilusión o como otros suelen decir una escapatoria de lo que percibes como realidad.

El sol término por ocultarse detrás de las montañas que divisábamos todas las tardes, aquella vez ni las estrellas ni la luna salieron, en su lugar aparecieron enormes nubes grises, el panorama del cielo era un espectáculo de rayos a lo lejos y un torrente de lluvia aproximándose. En la oscuridad de la habitación las palabras de Adams se repetían en mi mente una y otra vez, como si en algún momento la conversación pudiera revelar un mensaje subliminal, pero, las horas pasaron y nada ocurrió.

Pasada la semana, Adams cumplió su objetivo; la tarde del septiembre 24 del año 2016 tomo una pequeña maleta con sus escritos privados y paso a cortarlos uno por uno para luego abrir un agujero en el patio y enterrar los restos, dejo sobre mi cama un sobre con su último recado, fue la última vez que lo vi en vida. Todos los días antes de ir a dormir, él me abrazaba, decía que lo sentía mucho y se despedía.

-Adiós, por ahora –fueron sus últimas palabras.

Adams se marchó un viernes a las 03:45 p.m. sin despedirse, sin decir una palabra, de hecho, ese viernes no pronuncio palabra alguna desde que despertó, su mirada estaba más radiante que nunca, se veía seguro, dichoso, casi feliz lo cual era extraño ver en aquella casa. Caminé hasta mi habitación después de cenar, me encontraba fuera de mí, había olvidado todo lo que sabía hasta entonces, parecía estar en trance, sin embargo, hubo algo fuera de lugar que me despertó de mi ensueño; sobre mi cama vi un sobre, no recordaba haber escrito una carta y olvidarla ahí, así que la abrí.

24/09/16

Del lugar donde las pesadillas se vuelven realidad.

Para Beth. Esta es mi verdad, la verdad de quien soy, de cómo me he sentido durante mucho tiempo. Esta es mi carta de despedida.

Hubo noches en las que mi corazón se detenía por momentos, noches en las que mi respiración era pesada, noches en las que te escuchaba suplicar en voz muy baja por una vida llena de tranquilidad y paz, seguidas por instantes sollozantes. Tuve pesadas mañanas recargadas de amargura y tediosas tardes llenas de arduo trabajo; quizá también días, ya no logro recordarlo bien.

¿Sabes acaso que se siente morir? Pues yo sí. Es despertar cada mañana deseando que los días, las semanas, los meses, los años y las décadas se vengan todas hacia ti y en cuestión de segundos correr a la habitación, buscar un espejo y verte con aspecto enternecido de esos que te llegan con la vejez, con enormes ojeras debido al desgaste físico, con una respiración lenta y pausada, con las esperanzas hechas añicos por todas las cosas que has vivido y con miedo de que en algún momento tu corazón se detenga.

Hasta hoy tendré esa horrible sensación de vacío en mí, hasta hoy dejare de luchar contra esa respiración desenfrenada que me ataca al dormir desde hace 5 años.

Fortaleza

Para cuando descubras quien soy en realidad, ya me habré marchado, tus noches se volverán largas y estarán llenas de interminables pesadillas; nadie podrá recordarme, excepto tú, cuando intentes hablar sobre mí brotaran lágrimas de tus ojos y quedaras muda, jamás volverás a escuchar las viejas historias en las que participe, porque la versión será distinta y próximamente te darás cuenta de que sólo existí para ti.

En ocasiones observaras esas montañas que adornan el paisaje y que tanto te gustan con cierta melancolía (puede que no sepas en ese momento el porqué), luego ellas desaparecerán, entonces ya no existirá nada más que ruinas, el mundo en el que te refugias se desmoronará muchas veces, quizá las veces que sean necesarias. Aunque para algunos yo ya no existiré, para ti yo seré una parte vital de tu ser y me mantendré adherido a tu frágil corazón llenándolo de todas las emociones posibles hasta que un día, este deje de latir al igual que lo hizo el mío.

P.D: Lo siento mucho, siento mucho dejarte, pero, es parte de mi trabajo.

Atte. *Adams.*

Capítulo VII

El viento corría vigorosamente un viernes por la tarde en el patio de la casa de mi infancia, yo estaba sentada sobre unos bloques de cemento que servían para retener una mini montaña de arena; veía las montañas que decoraban el panorama de la pequeña ciudad mientras escuchaba el sonido lejano del tránsito, estaba completamente distraía del penoso silencio del interior de la casa y entonces escuche un sonido familiar, eran susurros, decían algo, pero, no podía escuchar las palabras, luego el sonido se hizo más claro; reconocí la voz suave y melancólica de Adams.

-Para cuando descubras quien soy, tus días estarán por acabar, ya no existirá una escapatoria, dejara de existir en ti el deseo de pensar en el futuro y día tras día terminaras por dormir bajo un manto invisible, sin protección de los peligros que te asechan todos los días a la vuelta de la esquina. Serás tú sola contra el mundo –observé a mi alrededor, asegurándome de que estuviera alguien, pero, no vi a nadie. Había pasado un año y medio desde el suceso con Adams, no sabía por qué, pero, lo había olvidado, como si de algún mal sueño se tratara.

Fortaleza

Adams acertó, las montañas habían desaparecido y efectivamente el mundo en el que me refugiaba se desmorono muchas veces tras desbloquearse un recuerdo desagradable de mi niñez; quizá tenía razón en su carta, "morir es desear que el tiempo pase rápido y reconocerse envejecido frente al espejo de la habitación".

Vagando entre mis memorias encontré un pequeño tumor que se esparcía rápidamente por mi cerebro y que no pude detener, él simplemente siguió su curso, empezó con mi subconsciente encargado de mis pesadillas, siguió su camino hasta llegar a la parte del cerebro encargada de controlar mi juicio y acabo infectando el resto de mis recuerdos y pensamientos, llenándolos de odio, resentimiento y vergüenza, ese tumor era la culpa.

-Quizá si tenga la culpa de lo que sucedió –me dije en voz alta.

-¿Cómo está hoy, señorita Beth? –pregunto el señor Chuang Lee mientras caminaba cuidadosamente entre los escombros- Veo que ya no hay tantos pedazos de techo en el suelo –observe lo restos del techo que señalaba el señor Chuang Lee desde donde estaba sentada.

-Sí, el lugar tiene cada vez menos escombros cuando vengo. Es un misterio como se restaura por sí mismo.

-Si presta atención a lo que piensa y su reacción hacia sus recuerdos entendería porque las ruinas regresan a su estado original –me dijo acercándose y sentándose frente a mí a una distancia moderada.

-Sí, bueno, me gusta creer que se está recuperando misteriosamente. Por cierto, estoy bien, gracias por preguntarme cuando entro, ¿Cómo está usted?

-Estoy bien, gracias por preguntar ¿Decía algo cuando entre?

-Ah, sí. Pensaba en una estupidez. Recordé algo que sucedió hace mucho y empecé a sentirme un poco culpable, entonces me decía que tal vez tenía algo de culpa.

-Noto que dijo que recordó algo que sucedió hace mucho y no dijo que le sucedió hace mucho.

-No entiendo lo que quiere decir.

-Me refiero a que no sintió personal su recuerdo. Dijo que sucedió algo, pero, no que le sucedió algo a usted, simplemente que paso.

-En realidad, si lo sentí así en un principio, sin embargo, recordé lo que usted me dijo en una de las conversaciones que tuvimos y le reste importancia al recuerdo, porque es solo eso, algo que paso, que seguirá allí por mucho y que no podré olvidar fácilmente, pero, ya paso. Ya no puede dolerme con la misma magnitud con la que me dolió al principio –el señor Chuang Lee sonrió.

-Me agrada escuchar que ha aprendido a restarle importancia a hechos ajenos. ¿Cómo se sintió con eso?

-Siendo honesta, no sentí nada y me gusto. Iba a llorar como de costumbre y fue cuando recordé que ya no podía afectarme, o al menos no como me afecto en su momento. Fue liberador la verdad. Se sintió bien, una parte al menos, porque comienzo a sentirme culpable.

-La culpa siempre va estar presente, pero, hay que saber cuándo estamos cargando con culpas propias o ajenas. Ambas son igual de corrosivas, pero, las culpas ajenas son más difíciles de soltar. ¿Puedo saber con exactitud que recordaba?

-Pregúnteme otra cosa, no quiero hablar de eso esta vez.

-De acuerdo, ¿Puedo saber de su padre?

-¿Qué le gustaría saber referente a él?

-¿Se siente culpable a causa de su padre?

-Un poco, pero, ya no como antes. ¿El no quererlo me hace una mala persona?

-No, claro que no, está bien si no tiene sentimientos gratos hacia su padre. El no querer a su padre no la hace una mala persona. Somos humanos, es normal que tengamos sentimientos negativos y positivos hacia ciertos individuos. Lo anormal seria cargar con culpas que nos siembran.

-¿Debería aprender a dejar ir el sentimiento de culpa?

Fortaleza

-Es su decisión.

-¿Y que si vuelvo a sentirme así en el futuro?

-Cuando haya aprendido a ser responsable únicamente por las consecuencias de sus acciones, ya no sentirá la necesidad de llevar culpas ajenas. Sé muy bien lo que es sentirse culpable por algo que no hizo o no pudo evitar, por cosas y actos que los demás hacen; pero, créame cuando le digo que hay culpas que no deberíamos asumir, culpas que no nos corresponden.

-Es muy difícil volver a sentirse bien consigo mismo.

-Sí, realmente lo es. No hay gloria sin un poco de dolor o dificultad.

-Tengo curiosidad por saber en qué momento encontrare el episodio donde lo conocí, usted no parece una persona real.

-¿Qué le parezco?

-Un personaje sacado de algún relato que tiene una moraleja al final. Es bastante peculiar y tan... no encuentro la palabra –el señor Chuang Lee se reía.

-Bueno, en vista de que le resulto imaginario, tal vez podría imaginar unas tazas con té para nuestra próxima conversación –se levantó y se despidió inclinando levemente la cabeza.

-Lo tendré en cuenta –le respondí antes de que se marchara.

Capítulo VIII

El tiempo no perdono a nadie aquella noche, todos los habitantes que se encontraban en la calle se mojaron debido a las lluvias ese 14 de Agosto de 1981; el tráfico en el centro del pueblo se puso pesado debido a un accidente de autos que ocurrió a unas cuantas manzanas de donde ella caminaba (Perla, la madre de Marcos, mi padre) con el niño de 7 años de edad agarrado con fuerza del brazo; el pequeño Marcos lloraba silenciosamente mientras su madre lo llevaba molesta a la casa de su abuela la señora Isabel Roger, una de las más respetadas en la pequeña ciudad por su rectitud.

-De ahora en adelante usted tendrá que ver por mi pequeño Marcos –la señora Isabel Roger escuchaba con atención las duras palabras de Perla-; encontré una salida de esta locura de matrimonio y no lo puedo tener, por esa razón he tomado una decisión y aceptare su propuesta de criarlo -dijo aquella mujer de cabellera teñida de rubio, con ojos negros, piel curtida por el sol, hombros anchos y cuerpo delgado-. Por favor, ofrézcale lo que yo jamás podre darle y cuando sea oportuno cuéntele sobre su madre para que nunca olvide que lo ame y que no podía tenerlo.

Fortaleza

Perla beso en la frente a su hijo y descendió por la colina con cautela, pues el asfalto de aquella quebrada estaba enteramente resbaladizo y jamás miro atrás.

Marcos se encontraba parado detrás de su abuela observando con los ojos empañados la partida de su madre, su único amor.

Hace años aquella mujer delgada de belleza exuberante había sufrido hasta el borde de la locura; su madre era una de esas mujeres partidarias del machismo, ya que había crecido en una familia de sólo hombres y por ello maltrataba a sus cuatro hijas, mientras que le otorgaba los otros cuidados y lujos a su único y aparentemente legitimo hijo varón. A raíz de la esclavitud que le infundió su madre, Perla se convenció a si misma de encontrar una salida y lastimosamente se enamoró del hombre equivocado; cansada del sufrimiento que padecía y de la carencia de amor se arrojó a los brazos del mismísimo diablo. A la edad de 12 años Perla se casó con un joven de 18 y para su mayor desgracia este abusaba del alcohol y de su fuerza bruta.

Aquella mujer que un día fue hermosa, se volvió desaliñada y cayó por la demencia en la búsqueda de su libertad. Desgraciadamente sólo encontró desolación años después de haberse librado de todos los que le hicieron daño.

Hasta el día de su muerte Perla siguió lamentándose el error del primer amor; por ello Marcos nunca la perdono.

Pasados los días de aquel abandono, Marcos dejo de llorar y transformo su tristeza en odio, uno de los sentimientos a los que le dio más importancia que a su felicidad. La señora Isabel Roger en cambio hizo todo a su alcance para educarlo, no lo logro por completo ya que esta pronto murió de causas naturales. Tristemente la sabiduría de aquella respetada mujer le duro poco al pequeño Marcos y un día antes de marcharse le dijo algo imprescindible para su vida.

-Abuela, ¿Qué es el amor? -el pequeño Marcos tenía en su rostro aquella expresión de confusión que delataba su interés.

-Amor, Marcos, es un sentimiento satisfactorio, es pensar en la felicidad del otro antes que la tuya, es respetar y aceptar con dulzura y delicadez a la otra persona tal y como es, es sacrificar todo porque esa persona sea tan dichosa como puede llegar a ser, amor, mi angelito, es compartir tu vida con la persona más especial que se haya conocido, es entregar tu vida para salvar de la muerte la vida del otro... El amor es simple, es duradero, es calidez, es cariño.

-¿Y por qué mamá se fue entonces? ¿Acaso no me amaba?

-Marcos -Dijo con tierna voz la señora Isabel acariciando sus mejillas mientras lo miraba a los ojos-, tu madre te amo tanto que no quiso que sufrieras lo mismo que ella y te dejo conmigo, ella escapo del infierno por un instante para salvarte e intento hacer lo mejor para que puedas ser feliz. Sólo tienes que saber que en alguna parte del mundo siempre existirá alguien que te amara tanto como te amamos tu madre y yo; no soy duradera Marcos, y por eso te digo que no dejes de luchar por tu felicidad, ya que una vez que la tengas entre los dedos entenderás con mayor claridad lo que es amar sin importar que. ¿Sabes? Si a tu edad me hubiesen dejado en las manos de una persona que se preocupara por mí como yo lo hago por ti estaría más que agradecida, sin embargo, no fue así; y mírame -Indico la señora Isabel riendo a carcajadas tratando de hacer reír al niño mientas tendía sus brazos de lado a lado mirándose una y otra vez-, no he cambiado mi forma de ver el mundo, soy feliz gracias a las bondades de Dios y a las constantes batallas a las que me enfrente, no siempre gane, pero, termine por vencer las más importantes y ahora estoy a tu lado.

Lamentablemente el pequeño Marcos no escucho nada de lo que dijo la señora Isabel y al cumplir los 21 años se descarrió, tomo el camino incorrecto y cayó en el agujero del vicio del que su madre lo había salvado anteriormente.

Después de la muerte de la señora Isabel, el joven Marcos pasó a la tutoría de su tío abuelo, un hombre con resentimientos y alcohólico. Marcos no pudo estudiar en la universidad, comenzó a trabajar antes de graduarse y algún tiempo después conoció a Emma, su segundo amor.

Fortaleza

Su primer amor fue una dulce joven llamada Rubí, era caucásica, media 1.67, ojos color ámbar con rayas naranja, cabello oscuro, integra, inteligente, bondadosa y según los que la conocieron una persona excepcional. Rubí fue por mucho tiempo el único y sincero amor de Marcos, era la mujer con la que quería formar una familia de no ser por él mismo.

Marcos conoció a Rubí en la plaza principal de la ciudad, no era una mujer de familia influyente, ni mucho menos resuelta económicamente, sólo era una familia trabajadora y educada, una de las cualidades por las que se enamoró de ella; le encantaba ese aire digno de mujer independiente que enloquecía a más de uno en aquel lugar, su mirada era cautivadora y había tanta gracia en su manera de ser que muchos dijeron que era como ver caminar un ángel entre ellos, pero, un demonio la hechizo desde el primer día que la vio con dulces palabras vacías y largas tardes de hermosos recitales de poemas; aunque en realidad ni las dulces palabras ni los bonitos recitales lograron disfrazar al demonio que los contaba, entonces una tarde de abril Rubí tomo la decisión de dejarlo ir.

Hubo presagio de tormenta aquel 18 de abril 1994, el cielo comenzó a llenarse rápidamente de nubes irregulares y grises, los árboles se agitaban con vigor, eran las 3:45 p.m. Marcos estaba emocionado, tanto que no pudo disimular su sonrisa ni su inmenso deseo de besar a Rubí. Cuando la chica de su sueño por fin llego no dudo en extender sus brazos para abrazarla; Rubí sonrió tímidamente tratando de ocultar el enorme dolor que aquello le causaba, tenía un vestido color turquesa con encaje en los brazos y flores primaverales estampadas por todo el vestido y unas zapatillas de plataforma baja de color negro, llevaba el cabello recogido en una moña y un paraguas negro en la mano izquierda.

El demonio invito al ángel a sentarse junto a él, Rubí sentía una presión en su pecho, tenía una horrible sensación que la hacía sentir culpa, sentía mucho tener que cometer aquel acto y romperle el corazón a Marcos, realmente le gustaba, pero, algo le decía que se marchara, su intuición le decía que estaba a tiempo de tomar una buena decisión.

-Te escribe algo en estos días –le dijo Marcos un poco nervioso-. Lo que escribí pienso que expresa mejor los sentimientos que han surgido desde el día que te conocí, es mi más sincera confesión. ¿Te gustaría escucharlo?

-Por supuesto que sí –le respondió Rubí reprimiendo sus ganas de salir huyendo, tenía una vaga sospecha de lo que le diría Marcos y su sentimiento de culpa se hacía mayor.

-Bien, es algo corto –dijo y procedió a leer una hoja de papel.

El porvenir.

Han pasado algunos días desde que la conocí; no he podido sacar su imagen de mi cabeza, parece un ángel caminando entre mortales, es tan hermosa y dulce. Cuando me saluda no puedo evitar pensar en el porvenir, puedo imaginar una casa modesta con un jardín delantero precioso y unos cuantos clones suyos corriendo y jugando por toda la casa.

Han pasado algunas semanas desde que la conocí; no estoy seguro de porque la pienso con frecuencia, me gusta, pero, siento algo más, somos buenos amigos, me divierto cuando estoy a su lado, es una chica muy inteligente y bondadosa, parece verdaderamente un ángel.

El porvenir; pienso mucho en el después, pienso mucho en una familia, en hijos, en mi compañera de toda la vida, pienso mucho en ella, es la indicada, es la mujer que amo, la mujer con la que quiero compartir mi vida.

El porvenir es ella caminando hacia a mí y yo esperándola con ansias para darle mi corazón. El porvenir es ella enredada entre mis brazos, ambos recostados en el pasto viendo el cielo e imaginando una vida juntos.

El porvenir es nuestra vejez, los nietos y bisnietos preguntando ansiosos como nos conocimos y yo res-

Fortaleza

pondiendo que han pasados muchos años desde que la conocí y empecé a amarla.

-¿Qué te pareció? -Pregunto el demonio a la dulce Rubí.

-Hermoso -Contesto Rubí pensando en las palabras adecuadas para terminar aquella historia con el mínimo daño posible; tomo aire y continuo-, Pero... -Marcos la interrumpió por un instante.

-La verdad es que he querido decirte esto hace mucho tiempo, sin embargo, no estaba lo suficientemente seguro de lo que sentía y después de unos días me seguía sintiendo igual, lo que digo es que te amo, es así de simple, te he amado desde hace dos semanas y cada segundo que pasaba sin ti me sentía vacío, carente de ese sentimiento que muchos llaman amor, entonces me prometí nunca dejarte partir sin que conocieras mis sentimientos hacia ti. Ahora te pregunto si tú ¿quieres ser mi esposa? Sé que es demasiado pronto, pero...

-No -Rubí se levantó del banco y miro a Marcos por última vez con los ojos empañados, dejo de pensar por completo en la herida que le dejaría y procedió a disculparse-, lo lamento mucho, no me voy a casar contigo. Dicen que nunca se termina de conocer a una persona y yo no quería creer nada de eso, a pesar de que todo me indicaba que en realidad es así; no es que no te corresponda, si lo hago, sin embargo, debo admitir que me quiero más de lo que creí y no puedo permitir que alguien más que yo o mi padre me haga daño, lo podría esperar de mi familia al fin y al cabo siempre han estado ahí cuando los necesite, aunque hayan estado muy disgustados conmigo, ellos y sólo ellos tienen permitido hacerme llorar si es necesario, en cambio tú a pesar de que llevamos un cierto tiempo conociéndonos sigue siendo un extraño para mí y sinceramente prefiero sufrir por los engaños y disgustos de mis padres, que sufrir por alguien que en cualquier momento podrá cambiar de opinión, faltar a sus promesas o incluso llegar a abandonar a la persona que juro ante Dios y frente a trescientos testigos que amaría, respetaría y cuidaría hasta la muerte. Lo siento mucho, pero, no puedo creer en promesas, debo y prefiero creer en hechos y tú me has demostrado que no sabes perdonar o quizá que no quieres hacerlo. Créeme cuando te digo que no quería llegar a esto, me tengo que ir –dijo Rubí y camino con prisa de regreso a casa.

El fuego del demonio se vio apagado por el torrente de lluvia que descendió unos minutos después de haberse marchado aquel ángel que acababa de romper su corazón, el hueco en su pecho se hizo más profundo de lo que era y sus ojos no dejaron ver nada más que una mancha borrosa en el panorama. La noche cayó rápidamente y Marcos seguía inmutable, tal vez recordando el tierno veneno que cargaba en su conciencia, la única herencia que le habían dejado antes de marcharse los dos únicos seres que amo.

Posterior al rechazo, Marcos se entregó por completo al vicio del alcohol y a la búsqueda fallida del amor y una familia. Pasaron algunos años cuando conoció a Emma la madre de George, si bien su relación duro 1 año aunque bastaron dos semanas de una rutina espantosa donde Marcos llegaba borracho al departamento, le decía cuanto la quería y lo mucho que le haría falta si ella decidiera marcharse, luego se dejaba caer en el suelo cerca de la puerta y comenzaba a llorar descontroladamente, acto seguido se levantaba por la mañana se alistaba e iba a trabajar para llegar nuevamente en la noche en estado de ebriedad absoluta. Emma, un martes de invierno después del almuerzo preparo su maleta y se marchó sin dejar aviso, ni mucho menos alguna nota.

El demonio se había enamorado y el precio que debía pagar era muy alto, busco engañar al recuerdo tras varias copas de vino, algunas cervezas y un vaso de whisky, aunque lo único que logro tener fue una jaqueca insufrible y varias semanas sin un buen descanso. Mi padre había intentado estrangular su despreciable memoria, quería borrar el recuerdo de aquel rostro angelical, ahogarlo en ácido sulfúrico y extinguir de una vez por todas el fuego a su alrededor, no fue sorpresa que en el proceso lo único que extermino fue su dignidad.

Algunos años después (se podría decir que en un periodo de tres años) conoció a Mary, una criatura ingenua y fácil de manipular, un tanto parecida a Rubí con excepción del aspecto físico, pero, era igual de hermosa. Mary decidió formar una familia con Marcos sin la unión matrimonial debido a que mi madre no quería que mis hermanos mayores vieran a Marcos como su nuevo padre; no obstante, como la vida nunca es similar a un cuento de hadas, aquella unión se vio

Fortaleza

obligada a someterse al régimen del demonio, el paraíso prometido no fue más que un infierno mal disimulado y donde antes reinaba la vida ahora se deseaba la muerte. Afortunadamente mis hermanos no estaban unidos a mi padre por ningún lazo legal así que mi madre los pudo salvar, aunque no se puede decir lo mismo de Isabel y yo.

Capítulo IX

A veces me resultaba un poco ensordecedor el simple hecho de levantarme de la cama, me parecía una tragicomedia la vida, la felicidad, la resistencia y la fortaleza de seguir haciendo lo mismo una y otra vez, todo era verdaderamente un fastidio. En ciertos días extrañaba a Adams, aunque sólo fuera producto de mi imaginación, de hecho, creo que extrañaba quien era yo en ese momento, anhelaba un motivo para seguir soportando todo aquello, deseaba mucho desaparecer como lo hace el sol cuando se oculta detrás de alguna colina, quería poder ser como la madrugada, fugaz.

Tarde o temprano siempre llega un punto en la vida de una donde todo parece irracional, como las discusiones, llorar después de cierta edad o simplemente levantarse para cumplir con la rutina, es una estupidez me digo a veces, carece en todo sentido de coherencia, pues bien, de eso se trata la vida, de subidas y bajadas, de alegrías y tristezas, se trata de que un día se pueda tocar el cielo y al otro instante nos quemamos en el infierno, de emociones que involucran tanto al corazón como a la razón, la vida siempre se ha tratado de

Fortaleza

evolucionar o en otras palabras, sólo transformarnos como se indica en el enunciado de la ley de conservación de la materia.

Estaba sobre pensando cosas triviales sobre mi niñez mientras limpiaba un poco las ruinas del museo cuando entro el señor Chuang Lee como de costumbre sin hacer ruido.

-¡Que susto! –susurre cuando lo vi, me tomo por sorpresa.

-Disculpe, ¿llego en mal momento? –pregunto apenado el señor Chuang Lee.

-No, es solo que me sorprendió, estaba distraída y no lo escuche entrar.

-Me disculpo, señorita Beth –el señor Chuang Lee se inclinó levemente.

-No se preocupe, haga ruido la próxima. ¿Cómo se encuentra?

-Muy bien, gracias por preguntar ¿y usted?

-Distraída como lo noto.

-Sí, por supuesto, ¿puedo saber por qué?

-Porque estaba aburrida y decidí recoger un poco el desastre que hay aquí y una cosa llevo a la otra y comencé a pensar en estupideces que a su vez me llevaron a pensar en mi niñez y recordar cosas que estaban, como lo diría, ocultas o reprimidas.

-¿Qué recordaba?

-No lo sé con exactitud, al principio eran recuerdos de cosas estúpidas que hacia cuando era niña, pero, después sólo veía una habitación y a una niña de 5 años saliendo de ella llorando mientras se sentaba en el suelo y se tomaba de las piernas fuertemente. Quería correr a ayudarla, aunque estaba consciente de que era solo un recuerdo, sin embargo, el lugar donde la niña estaba llorando se había vuelto arena movediza, no sé porque sentí unas inmensas ganas de protegerla de todos sus miedos, pero, no podía simplemente saltar hasta ese recuerdo y ayudarla. –movía los brazos frenéticamente mientras narraba el recuerdo y entonces el señor Chuang Lee me toco el hombro izquierdo para que me quedara quieta.

-Entiendo lo que siente, señorita Beth. Pasó algo parecido en la ciudad donde nací cuando yo tenía 17 años; una mujer huía de la casa donde su marido la molía a golpes, la vi correr hacia mi madre suplicando ayuda, la mujer dijo: "por favor, ayúdeme no tengo a quien acudir, mi madre ha muerto y mi padre me vendió a mi verdugo por unas cuantas monedas para comer, si voy con él ahora le advertirá sobre mi huida"; hubo un ruido ensordecedor y en cuestiones de segundos la mujer cayó frente a nosotros por una bala en la cabeza, a unos metros de ella había un hombre eufórico con un arma apuntando su cabeza, cerré los ojos por un momento y al abrirlos él también había muerto, yo no hice nada para proteger a la mujer, nunca se me ocurrió asegurarme de que nadie la siguiera, no fue hasta hace algunos años que aquel recuerdo dejo de atormentarme.

-¿Y después pudo estar en paz?

-Sí. Hace 13 años conseguí a la hermana de aquella mujer, le conté todo lo que había visto y durante cuantos años me sentí culpable por todo ello, le pedí que me perdonara por no haber hecho nada para salvarla y ella me hizo entender que no fue mi culpa.

-¿Qué fue lo que le dijo?

-Que no podía evitar lo que estaba destinado a suceder. A veces no lo queremos aceptar señorita Beth, pero, todo en esta vida sigue el orden estricto de la naturaleza, en ciertas ocasiones tenemos destinos inciertos y un tanto traumáticos que son difíciles de superar e imposibles de olvidar, pero, no debemos culparnos por no poder prevenir o evitar lo que sucedió o lo que pasara. ¿Recuerda nuestra conversación sobre cargar con culpas ajenas?

-Sí, también recuerdo que me dijo que imaginara unas tazas con té para nuestro próximo encuentro –el señor Chuang Lee se reía.

-¿Y pudo hacerlo?

-No, no pude imaginarlas, está fuera de mi control lo que se aparece o no en este lugar.

-¿Cómo la hace sentir eso?

Fortaleza

-Frustrada, pero, aprendí que no puedo tener todo bajo control. Por lo tanto, debo decirle que no siento culpa por no recibirlo con té.

-Está bien, no pensé que se tomara enserio mi comentario. Volviendo al tema inicial, tengo que decirle que no fue su culpa no poder ayudar a la niña.

-Ya sé, pero, cuesta tanto no sentirse mal por ello –el señor Chuang Lee asintió con la cabeza.

-Camine hacia delante, señorita Beth. El pasado ya paso; no puede seguir viviendo en él, sucedieron cosas que no se pudieron evitar, pero, puede aprender de ello en lugar de culparse.

-Debo irme ¿cierto?

-Si no lo hace ahora, tendrá que hacerlo en algún otro momento. Ya está lista –inspiré profundo y solté el aire en un largo suspiro. Asentí con la cabeza a las palabras del señor Chuang Lee.

-Es cierto, usted tiene razón. Bueno, fue un placer tener su compañía –dije extendiéndole la mano al señor Chuang Lee despidiéndome y el correspondió el gesto.

-Hasta la próxima, señorita Beth –dijo desvaneciéndose.

Caminaba hacia el agujero que sustituía el lugar de la puerta cuando una fotografía colgada en una pared restaurada llamo mi atención; la fotografía se titulaba: **El despertar**. Consistía en una representación de la vida cotidiana; la escena era una ciudad a blanco y negro congestionada por trabajadores vestidos de trajes, todos cabizbajos con un portafolio distintivo en sus manos, las personas caminaban con normalidad de un lado a otro sin toparse, excepto un joven cubierto por un divertido impermeable de color azul y verde que se notaba perdido en medio de la multitud, sobre él había una enorme nube gris de donde caía agua, se podía notar las gotas de lluvia por todo su traje. Era el único personaje de la fotografía que tenía la mirada hacia el espectador, como consciente de que lo observaban.

-Curiosa fotografía –me dije en voz alta.

Aparte la mirada de la foto, respire hondo evitando pensar si quedarme o no en el museo y salí de prisa antes de que pudiera arrepentirme; comencé a caminar por el asfalto de la carretera y observe las flores que crecieron a su alrededor, mire el cielo, hacía mucho tiempo que evitaba hacerlo, las nubes eran irregulares y se veían tan suaves, el desierto que se divisaba a los lejos era por completo magistral y tan dorado, la brisa era fuerte y persistente, los malos recuerdos y sentimientos desaparecieron por un momento, creí haber llegado al nirvana, de repente recordé mi niñez, o más precisamente las veces que me escapaba al patio por las noches cuando no podía dormir y me sentaba en el suelo apoyándome en las paredes de la casa, también recordé aquellas tardes tediosas en las que me sentaba sobre bloques a observar las montañas y escuchaba el canto de las aves; una niñez a la que siguió una adolescencia recargada de muchos libros que narraban historias fantásticas, por fin recordé sin llorar las viejas canciones de radio que me desertaban antes de ir al colegio, las aventuras fugaces de la secundaria y el sonido de pasos próximos que traían consigo sorpresas, las lluvias intermitentes seguidas de truenos y el frio que lo acompañaba, recordé la calidez de un abrazo inesperado y las tardes en casa de la abuela Perla, me sentí tan bien por un momento, todo se sentía tan pacífico e imperturbable.

Distraída entre sensaciones que había olvidado por completo pise un papel doblado en el asfalto, se me hizo extraño encontrarlo ahí, pero, no le di mucha importancia, así que, me incline para recogerlo; era una carta con mi letra, la abrí y comencé a leerla en voz alta.

21 de octubre de 2019
Para mi yo del futuro.

Querida Lisbeth, empezare por disculparme por cómo me he tratado estos últimos años, pido perdón por no haber salido de esas

Fortaleza

relaciones "amistosas" que me hacían daño, por haber creído más en las palabras negativas y críticas que escuchaba de los demás que en mí.

Perdóname por decir que era una inútil que nunca llegaría a cumplir las altas expectativas que el resto tenía sobre mí, ahora sé que no tenía por qué tratar de llenar zapatos que no eran de mi talla. Sé que valemos mucho, tal vez más en el futuro que ahora porque vamos ganando experiencia, pero, permíteme escribir por si algún día lo llegase a olvidar que no siempre fue así; antes era ingenua, condescendiente y demasiado complaciente, temía estar sola y por eso elegí a personas equivocadas para que me acompañaran, fue un gran error, pero, aprendí la lección. Ahora me gusta estar en soledad, conmigo misma, escuchando y procesando mis emociones, fue duro al principio y a veces tengo ganas de mandar a la mierda todo, sin embargo, intento no rendirme con facilidad, me digo a mi misma, que si pude aguantar por tanto tiempo todas las cosas malas voy a poder con esto, que es mínimo.

Últimamente lloro mucho antes de dormir, algo me pesa y no sé qué puede ser, pero, duele mucho, tal vez tu si sepas y por eso te escribo, si lograste identificar de donde proviene el dolor, debo escribir que me siento orgullosa de ti, pero, si han pasado algunos años y aún no lo sabes de igual forma me siento orgullosa porque sé que lo intentaste. Marcos se fue, no sé si algún día regresara convertido en una fiera o si pasara a un lado de mí y no lo reconoceré; creí que cuando se marchara los pensamientos suicidas desaparecerían y no fue así, quizá tú ya no pienses en eso, pero, si aún persisten no importa, ya lo superaremos algún día.

Quisiera poder perdonarme por todos los errores y estupideces que he cometido, me siento culpable todo el tiempo por casi todo lo que sucede a mi alrededor, no me gusta sentirme así, creo que a nadie le gusta sentir culpa, pero, siempre existirá, así que no sé qué hacer al respecto.

Querida Lisbeth, tienes que saber que no pasa nada si llevas mucho tiempo sintiéndote bien y de repente un día quieres llorar y te sientes vacía y pequeñita, está bien sentirse así a veces o por un largo tiempo, no tienes por qué fingir una sonrisa, ni tienes por qué mentirles a todos diciendo que estas bien. Sé muy bien que existirán días extenuantes y complicados, pero, el cómo te sientas respecto a eso no tiene absolutamente nada de malo, si no tienes a alguien a tu lado para desahogarte no te frustres siempre me tendrás a mí o un cuaderno y un lápiz con que puedas contar.

P.D: no te castigues como yo lo hago en ocasiones, está bien cometer errores, podemos aprender de ellos, no tenemos que ser perfectas ni demostrar nada.

Con cariño *Beth*.

Después de leer la carta me seque los ojos empañados y la guarde en el bolsillo de mi suéter; pronto oscureció y las estrellas alumbraron el firmamento.

Había avanzado mucho antes de que oscureciera y encontré un árbol donde me recosté para dormir; esa noche soñé con la niña de la que le había hablado a el señor Chuang Lee; era la tercera vez que nos veíamos y la pequeña me sonrió, no sé porque, pero, esa sonrisa tierna me partió el alma en mil pedazos, sentía unas enormes ganas de correr hacia ella y abrazarla, quería protegerla, me sentía inútil y temía que desapareciera como antes.

-Ves, te dije que todo pasaría, ahora ya puedes caminar entre las espinas que han regado en tu trayecto y nunca más te dolerá como antes.

-¿A qué te refieres?

-Eres libre, ya no habrá lluvia ni tormenta que te puedan detener -la pequeña me tomo de la mano y caminamos en silencio hasta una colina, llegamos hasta la cima y nos sentamos en el suelo apoyando nuestras espaldas en una roca, estuvimos por un largo rato en silencio y continúo-. Desde aquí se ve nuestra casa, está algo diferente, sin embargo, no cambio nada, los fantasmas la siguen habitando y los llantos de todos los que sufrieron en ella aún se escuchan. ¿Qué dices si vamos por un momento y nos despedimos de él?

-¿De quién?

-¿No lo recuerdas verdad?

-¿Recordar qué?

-Ya lo harás.

Descendimos con cautela y observamos a un lobo herido a mitad del camino, tenía rasguños en su rostro y la sangre goteaba lentamente de una de sus patas.

Fortaleza

-Es fuerte, sin duda uno de los mejores guerreros de la manada, ahora le toca el destierro, pronto se volverá resistente si no lo matan antes.

-La naturaleza siempre sigue su curso –respondí. Continuamos caminando hasta que nos encontramos de frente a la fachada de la casa.

-Fin del camino, es tu turno para cruzar, ten mucho cuidado, una vez dentro de la casa ya no podrás regresar, no hagas caso a lo que escuches, si te dejas dominar por las emociones podrías optar por el suicidio y aquí entre nosotras eso no es una buena idea.

-¿Alguna otra advertencia?

-Sí, no olvides abrir todas las puertas y sujétate bien, el viaje es un poco largo y bastante frio.

-Lo tendré en cuenta. Gracias.

Abrí la puerta principal de la casa y millones de voces se escucharon salir, casi todas gritaban espantadas y se me erizo la piel de una forma horrible, otras lloraban mientras suplicaban clemencia y una minoría se escuchaba agonizante, continúe caminando por un pasillo en completa penumbra y roce con el codo la perilla de una puerta, me detuve frente a ella, respire hondo y la abrí.

Me topé con una habitación vacía, bastante fría y con algo colgado en la pared cubierto con un mantel o algo parecido, quité la tela halándola y lo que había colgado era un espejo en forma circular, este no reflejaba objetos presentes sino recuerdos. Cuando cumplí trece años luego de la muerte de Adams sentí que algo aparte de él había desaparecido en mi vida, creí haber desarrollado el síndrome cortad (síndrome en el que se cree estar muerto o no existir), las personas me miraban extraño en la calle y cada vez que me observaba en el espejo tenía un aspecto pálido y ojeroso, sentía un peso muerto sobre los hombros y no comprendía cómo era capaz de llegar al colegio y no recordar nada; en aquel tiempo comencé con el experimento de matarme lentamente, todas las noches me golpeaba contra la pared repetidas veces, me ataba las muñecas tratando de cortar la circulación, colocaba la almohada sobre mi cara intentando asfixiarme y pasaba largas horas agotando mi cuerpo, dormía tres horas y me mantenía activa las siguientes veintiún horas; si no era capaz de soportar más años con aquellas personas que decían ser "familia" la única opción que veía era morir en algunas semanas, aunque la muerte no toco mi puerta en ningún momento y llore mucho porque no podía seguir con aquella farsa, no quería despertar en aquella casa otra vez, no quería seguir fingiendo estar bien cuando era completamente vulnerable, estaba harta de seguir intentado estar viva, ya no aguantaba ni un segundo llegar del colegio y escuchar sus voces quejumbrosas.

Cerré la puerta al salir, continúe caminando por el pasillo de mala muerte y mis zapatos pisaron un charco de agua, me incline un momento para observar que más había y observe un largo rio.

-¿De dónde viene tanta agua? –me pregunte y una voz escalofriante me respondió en la penumbra.

-Es un misterio -me exalte por lo que vi, delante de mi estaba un personaje idéntico a la parca, era huesudo por lo que observe de sus manos, sus ojos eran verdes brillantes como pequeñas linternas y vestía de negro con un remo en su mano izquierda.

-¿Quién es usted?

-Yo soy tu transporte.

-¿Y cuál es el precio a cobrar por el viaje?

-Te lo diré al final del recorrido.

-No me agrada esa idea, ¿Cómo sé que no cobraras mi vida o me pedirá que firme un pacto?

-Ustedes los seres humanos son tan desconfiados. ¿Dime porque tendría interés en tu vida?

-No lo sé, pero, pensándolo bien creo que su pregunta tiene mucho sentido, ¿Quién querría mi vida? Es tan triste.

-¿Subes? –pregunto el espectro señalando la barca.

-¿A dónde me llevara?

-No puedo decirlo, tienes que verlo por ti misma.

-¿Esto es real?

-Depende de lo que prefieras creer. Todo esto es real, pero, si prefieres puedes pensar que es solo un sueño.

Fortaleza

-Sé que todo es parte de mi cabeza, me refiero a si realmente está sucediendo o al igual que el museo, lo estoy imaginando.

-No estás loca, por si lo piensas. Y sí, todo está sucediendo, es un proceso real, no lo imaginas.

-Y ¿tú que papel estas asumiendo en esta historia?

-Soy exactamente lo que piensas que soy.

-¿Estoy muerta?

-Aun no, pero, una parte de ti sí.

-Lo siento, te estoy haciendo retrasar, ya me subo –respondí subiéndome rápidamente a la barca.

-Tardaste mucho en llegar aquí. ¿Qué hiciste todo este tiempo? –pregunto el espectro remando.

-Refugiarme en recuerdos desagradables. Es un poco patético la verdad, creí que no estaba lista para dejar atrás todo eso.

-¿Qué cambio?

-En realidad nada. Nada cambio, seguía igual todo, pero, dolían menos y pensé que no podía seguir aferrada a algo que ya paso. Qué bueno que no inventaron una máquina del tiempo.

-Lo vivido son recuerdos, querida, no vale la pena regresar a revivirlos, no importa que tan buenos hayan sido, siempre será mejor avanzar.

-Sería bueno que existiría una fecha de expiración de los recuerdos y olvidar cosas sin importancia.

-Pero, entonces nadie aprendería de sus errores, los volverían a cometer, ¿no crees?

-Si lo pone así, tiene sentido. Y entonces ¿Qué hago aquí?

-Aprendes.

-¿Qué cosa?

-A dejar ir. Los recuerdos, la culpa, los traumas, los roles que asumiste que no te correspondieron. Este recorrido es justo para eso, para aprender a no mirar atrás.

-¿Sería como despertar siendo otra persona?

-No otra persona, despiertas estando consciente de quien eres en realidad, entiendes que lo paso no te define. Fin del recorrido –el espectro detuvo la barca frente a una puerta cubierta por cintas policiacas.

-¿Cuál es el precio del viaje?

-No te preocupes por eso, el precio ya fue pagado, hace mucho tiempo.

-Gracias por traerme.

-Fue un gusto. Buena suerte al salir.

Observe cuando la barca se perdió en la lejanía, cerré los ojos, trague saliva, respire hondo y procedí a quitar con cuidado las cintas policiacas, cuando las quite todas, gire la perilla de la puerta con un sobresalto en el corazón y un temblor interno, abrí la puerta y encontré una fotografía sobre una carta abierta encima de una mesa redonda. Tomé la fotografía y lo que vi fue el recuerdo de la huida de mi madre.

Papá nos dijo a Isabel y a mí que nuestra madre tuvo un accidente automovilístico de camino a su nuevo hogar cuando nos abandonó, eso fue lo que nos hizo creer para ocultar el verdadero motivo de su huida; a pesar de que mamá estaba viva ocultándose a unos cuantos kilómetros de la comunidad ella no pudo desmentir aquella noticia en ese momento, temía que esta vez en lugar de una mentira presenciáramos su muerte en manos de Marcos.

-Lamento tanto no haberme dado cuenta antes de todo lo que me ocultaba -Susurre para mí. Dejé la fotografía sobre la mesa y leí la carta en voz alta.

04 de diciembre de 2016

Una carta para el mundo.

Querido mundo, la diferencia que existe entre tu yo es grande, tan grande como la distancia de donde estoy hasta las estrellas; las máscaras que uso a diario son tan perfectas que me hacen aparentar

Fortaleza

ante los demás ser la persona amigable y feliz que no le molesta nada, mientras que por dentro más de una lagrima ruedan por mis mejillas irritadas; mis frustraciones son esos pensamientos que nadie en absoluto conoce. Soy una de esas típicas personas que no sabe quién es, no sé si aún deseo vivir o si prefiero morir, me encuentro la mayor parte del tiempo asustada y en ocasiones no sé si dejarme caer en un charco de barro o levantarme y seguir caminado como si nada hubiese pasado. No he pensado en el disfrute de mi vida debido a mi enorme farsa, sonrió por compromiso para evitar demostrar mi dolor, no logro entender el concepto de felicidad, odio a mi padre, a mi familia y me odio tanto como a ellos, incluso creo que más; día tras día me he preguntado ¿porque sigo viva? No entiendo la razón de por qué debo mantener un ridículo rol ante una sociedad mediocre, ni porque debo continuar en este absurdo frenesí, no hallo las respuestas que busco y tampoco encuentro un sentido favorable para permanecer con vida.

Es un tormento tener que recordar traumas de la niñez y experiencias desagradables por causa de extraños, es como estar pagando el karma de una vida pasada. Por las noches me recuesto sutilmente en mi lecho de dolor y permito que terminen de sangrar mis heridas mientras ahogo mis gritos bajo la almohada, me parece tierno desahogar mis penas de dicha manera.

¿Por qué me mantienes en sala de espera estado dentro de tus entrañas? ¿Por qué no puedo pedir que simplemente acabe todo esto de una vez por todas? ¿Qué pasara cuando me canse de esperar? ¿Dónde están todas esas buenas cosas que hablan sobre ti? Nada, no existe nada, son todas blasfemias, todo esto es una porquería, la esperanza, la felicidad, la libertad ¿acaso seremos esclavos por toda la eternidad de este día a día? ¿Y qué me dices de la traición, de las punzadas en el corazón de la persona leal? ¿Qué son? De nuevo nada, blasfemias, sólo palabras huecas ¿Y qué hay de los oprimidos, de aquellos a los que la vida no les sonríe, que son eh? ¿Serán sólo añadidura o el número restante de los que te habitan?

Tú has sido testigo principal de mi deterioro con el paso del tiempo; has presenciado cómo puedo destrozarme lentamente con tal de huir dentro de una ambulancia y aunque no me mata me deja vulnerable, al filo del peligro, me deja exhausta y sin aliento.

Estoy consciente de que seré juzgada como culpable por intentar terminar con una vida y luego suicidarme, seré condenada a llevar pesados grilletes en los pies por mucho tiempo, ¡qué más da! opino que sería justo, además dudo que sea suficiente castigo.

Hace mucho tiempo una niña de 5 años o menos fue engañada para hacerla pasar una habitación a solas con un supuesto miembro de la familia, se cometió un crimen que quedo impune porque no lograba recordarlo hasta hace unos días; sólo había un culpable en ese momento, yo, yo era la culpable de aquel crimen, por mucho tiempo me he sentido un ser despreciable, me pregunto ¿Por qué no hice nada para detenerlo? ¿Cómo se puede detener algo cuando ni tú mismo sabes que está sucediendo? Creo ser culpable por haber entrado a esa habitación sin advertir mi destino, creo ser culpable por no sospechar las intenciones de esa persona, y si es así esto también amerita una condena a muerte lenta y dolorosa.

Odio el no poder hacer valer mi voz cuando era necesario, detesto la idea de tener que soportar por un poco más de tiempo esta basura de convivencia y me asquea mucho más que el hecho de permanecer en este absurdo estado de silencio, porque nadie desea ni escuchar ni prestar atención.

No sé por cuánto tiempo tendré que ser paciente, las fuerzas se me acaban y cada día la idea de la muerte me parece una excelente salida.

Firma: *Beth*.

Lo recorde todo con sumo detalle; pasaron unos meses después de cumplir los trece años y mientras ordenaba las cosas en mi habitación comenzaron a llover imágenes de un hombre y la pequeña de mis sueños, no quería hacer memoria de nada, no quería revivir nada y creo que esa fue la razón por la que bloquee todo lo sucedido

Fortaleza

en aquel año. Cuando cursaba sexto de primaria unas mujeres nos dictaban unas clases todos los jueves a la 09:00 a.m. sobre los cambios que sufriríamos en la adolescencia, en una de las últimas semanas de estas clases nos repartieron folletos que trataban el tema del acoso, el siguiente jueves nos mostraron un documental con declaraciones de chicas que fueron acosadas y abusadas sexualmente, en ese momento no entendí nada, sin embargo, guarde el folleto en uno de mis gabinetes del cuarto; era fin de semana o un día de feria, no recuerdo la fecha, lo cierto es que encontré el folleto entre uno de mis cuadernos y los recuerdos comenzaron a desbloquearse uno por uno, posterior a esto lo único que se escuchaba en las noticias era la ola de confesiones de niñas que habían sido abusadas sexualmente por clericós y familiares que demandaban que se les hiciera justicia a sus pequeñas de 6 a 8 años. Una mañana desperté en el verdadero mundo, el mundo del que nadie me quiso advertir, el mundo del que ninguna persona "moralmente justa" se atreve a hablar, desperté en el infierno de un silencio asesino, en el infierno de una convivencia, no, un régimen familiar obligatorio.

Había otra puerta en la habitación, esta se abrió sola; la imagen de la pequeña entrando nerviosa a un cuarto oscuro me hizo reaccionar y corrí a detenerla, pero, la puerta se cerró, la patee y golpee las veces que pude, el esfuerzo fue inútil, luego volvió abrirse, ahí estaba la niña con la vestidura rasgada, se veían moretones en ambos brazos, su cabello alterado y los ojos irritados por llorar, me arrodille y la abrace fuerte, ella me devolvió el abrazo y me dijo: todo pasara, no te preocupes, todo el mal se regresa algún día.

Aquel angelito se desvaneció en mis brazos y sentí por primera vez que había perdido algo mucho más importante que una posesión, me había perdido a mí misma, me había abandonado cuando más me necesitaba, me reprochaba muchas veces porque había sido tan débil, porque no grite cuando todo pasó, porque no lo recordé o lo reporte antes.

Salí de la habitación y vi el pasillo apenas iluminado, a lo lejos otra puerta se abrió, caminé lenta y con palpitaciones horribles, crucé la puerta sin importar lo que pudiera ver y encontré a mi madre durmiendo en lo que fue la habitación que compartía con Isabel.

-¿Mamá? −susurre.

Marcos tiro la puerta principal de la casa, estaba como de costumbre ebrio y eufórico, se tambaleaba y arrastraba los pasos, comenzó a discutir con mi mamá sobre que no hacia lo suficiente por él y nos despertó a Isabel y a mí, nos cubríamos los oídos con las almohadas, esa era la novena vez en el mes que hacía lo mismo.

Otra puerta en el extremo de la misma habitación se abrió, la atravesé y reviví el episodio donde mi padre me había golpeado con su cinturón de cuero por no realizar correctamente una operación matemática de segundo grado, el resultado era 30, eran aproximadamente un cuarto para las seis y su castigo fue encerrarme en la habitación sin comer, me dolía la cabeza y no podía respirar, recuerdo que los nervios se me alteraron y estaba cansada, me acosté a dormir sin importarme si moría o no, él nunca reconoció haber estado mal, nunca pidió disculpas, él siempre tenía razón.

Cerré la puerta cuando el recuerdo se desvaneció y me encontré nuevamente en el pasillo, caminé hasta el final de este y encontré otra puerta, la abrí y desperté en la carretera, bajo el árbol donde me quedé dormida.

Capítulo X

Durante los 15 años que viví con mi padre, aprendí a no confiar ni a contar con nadie, a valerme por mi cuenta y guardarme cosas que al resto no le importaba, presencié el descenso de la salud mental de la abuela Perla y nuevos miedos comenzaron a surgir. Sabía que la esquizofrenia era hereditaria y comencé a preguntarme si podía haberla heredado, me asustaba la idea de perder el juicio y no saber distinguir ciertas cosas de la realidad, por otro lado, me aterraba pensar en mí en un futuro aun viviendo en la casa de mi infancia, llegar a la edad adulta y seguir viviendo dentro de aquellas paredes filtradas y el techo enteramente deteriorado. Cuando mi padre se fue de casa quede a la merced de mi familia más cercana y fue cuando los pensamientos suicidas cobraron mayor fuerza. Viví un año en la capital de mi estado natal con una tía de mi madre; durante mi estancia en la capital pensé mucho en quitarme la vida, las imagines de mi cuerpo cayendo de un puente y siendo arrollado por camiones de carga me invadían con frecuencia. Una vez soñé que estaba en la cima de un edificio, sentada a la orilla de este, contemplando el vaivén de los autos y las personas en las calles, a mi lado derecho estaba una sombra.

-¿Por qué no saltas? –pregunto con voz grave la sombra.

-¿Cuál sería el motivo? –interrogue ladeando la cabeza hacia la derecha, con la mirada perdida entre las luces rojas y verdes de los semáforos.

-Tienes muchos motivos para saltar; odias esta ciudad, sientes que no encajes en el grupo de personas que te rodean, te han roto el corazón, estás más sola que antes, no sientes merecer cosas buenas y el recuerdo de tu padre golpeándote te persigue.

-Podría joder a la tía abuela, si hago eso.

-No te preocupes por ella, lo entenderá. Sentirá culpa los primeros meses, pero, eventualmente te superará, quedaras en el olvido.

-Quizá tengas razón, siento que soy una carga y una mala compañía para ella. Tal vez esté mejor si me voy. Si salto las voces se callarán y la culpa desaparecerá.

-Así es; la caída será dolorosa, puede que quedes consciente por unos minutos allá abajo, pero, el dolor se ira para siempre. No más pensamientos invasivos, no más ganas de huir, no tendrás que fingir otra vez. No lo pienses tanto, solo salta.

-Nadie me extrañara ¿cierto? –dije mirando a la sombra.

-No, pequeña Beth, nadie te recordara. Nadie recuerda a las personas invisibles y silenciosas como tú. A nadie le importan las personas que siempre están bien.

-No vieron las señales.

-Si lo hicieron, querida, pero, todos creen que las personas que sonríen siempre están bien y entonces ignoran los gritos de auxilio, mientras que la persona que pide ayuda se ahoga en su propia mierda.

-Qué triste realidad.

-Sí, lo es, y por mucho. Pero, no tiene por qué ser así.

-Y ¿cómo se supone que debería ser? –me perdí nuevamente observando las luces del tránsito.

-Averígualo por tu cuenta.

Fortaleza

-Me siento tan ligera, como si esto no fuera real, ¿eres real?

-Claro que sí, Beth. Yo soy muy real.

-¿Cómo te llamas?

-Yo no tengo un nombre.

-¿Por qué sabes mi nombre?

-Porque tú me lo dijiste.

-No lo recuerdo, tampoco recuerdo como llegue hasta aquí. ¿Dónde estamos?

-En un sueño.

-Se siente como una pesadilla.

-Tal vez lo sea.

-¿Si salto despertare?

-Quizá no.

-Odio esta ciudad, es tan congestionada, la gente va con mucha prisa y tropiezan entre sí, no entiendo cómo pueden vivir de esa manera, tan apurados todo el tiempo.

-Pienso que de alguna forma les gusta vivir como hasta ahora, están acostumbrados a ese ritmo de vida y la quietud les queda corta.

-No es un lugar para personas débiles como yo.

-No, no lo es. ¿Qué piensas hacer al respecto?

-Despertar –dije mirando a la sombra y salte del edificio. Sentí la adrenalina corriendo por mi cuerpo y desperté de un sobresalto en la madrugada de un sábado.

Mi abuela me dio una tarjeta antes de irme a la capital, creo que sospechaba que en algún momento escaparía. La tarjeta tenia escrito lo siguiente:

No importa si el día de hoy muero entre los brazos de un extraño, no importa si el día de mañana las huellas que deje marcadas en la arena se las lleva el océano, no importa si no llego a los 150 años, porque mis pesares tendrían que cargarme, no importa si me olvidan porque estaré libre de toda memoria, no importa si el mundo decide repentinamente acabar conmigo, ya no importa nada, ya no me atormenta el pensar que moriré en cualquier momento porque todo lo que me debía pasar ya paso y ahora sólo debo mi alma.

Sigue hacia delante, mi querida Beth, no mires al pasado a menos que desees aprender de él. Te quiero. Con amor, la abuela *Perla*.

Capítulo XI

La abuela Perla advirtió la llegada de una mujer cuando se le cayó la cucharilla con que batía su café, mi tía y yo nos reímos, la posibilidad de que eso pasara era evidente, a diario pasaban personas a la casa a visitar a la abuela y esa noche después de una pelea con Marcos mi madre toco la puerta de la casa de la abuela, le contó lo sucedido y le pidió alojo hasta la mañana para mis hermanos mayores y ella, mi abuela aceptó, era la visita que advirtió por la tarde.

Pasaron dos meses de mi quinto cumpleaños y una mañana mi madre no estaba en casa, Marcos estaba encerrado en su habitación y se escuchaba llorando, aquel día es aun borroso y extraño, creí haber soñado todo aquello, la pelea y los gritos de la noche anterior, la rara sensación de vacío en aquella casa, lo borroso del día.

-Su madre se ha ido, desperté esta mañana y no estaba, se llevó sus pocas pertenencias, no dejo ningún recado para ustedes, está claro que nunca las quiso y ahora son mi responsabilidad –es el único recuerdo lucido de aquel día, las palabras de Marcos nos cayeron como agua helada.

Permanecí parada frente a la puerta de la casa sin entender lo que sucedía, esperaba que mamá regresara. Un día de marzo mi padre llega pasado de copas, mamá lo esperaba sentada en la sala, la discusión por el abuso de la bebida de mi padre comenzó, esta vez no fue como antes, Marcos la golpeo y se fue al cuarto a dormir, le cerró la puerta en la cara y le paso llave; esa noche mi madre tomo la decisión de huir con mis hermanos mayores, tocaron la puerta de la casa de mi abuela a las 11:25 p.m. más tarde le encomendó una carta que debía ser entregada en cuanto Marcos se fuera definitivamente de la casa (no sé si fue cosa de fe o de muchas plegarias), lo cierto es que mi madre acertó en su ilusión, Marcos nos dejó después de 11 años amenazando con hacer lo mismo que mi madre. Es gracioso si quiera recordarlo porque cada vez que se sentía solo nos decía que él nunca haría semejante atrocidad, aunque se contradecía en ciertas ocasiones, cuando decía: "no veo la hora de largarme muy lejos y dejarlas completamente solas".

Se fue a finales del penúltimo año escolar y lo único que dejo fue una absurda nota sobre la mesa del comedor, con las siguientes palabras:

El mundo que conoces yo lo cree para ti, el mundo real esta fracturado por personas como yo, entonces seguiré ahogando mis lamentaciones en mi fiel compañero el licor. Adiós, no me esperen esta noche no tengo intención de volver.

¡Por fin paz y tranquilidad! La abuela me estaba esperando en la puerta de la casa después del colegio, estaba agotada y no quería llegar a esa cárcel, entramos y por un segundo nos sentimos aliviadas, ya no existía esa histeria que asustaba, no estaba él, a pesar de la alegría que ello nos provocaba aun sentíamos un poco de terror ¿regresaría enardecido? ¿Acaso estaba jugando con nuestro miedo? ¿Y si salía de entre uno de los cuartos con un cuchillo en la mano? Nos cercioramos de que eso no sucediera, para mayor seguridad me quede en la casa de la abuela con la molestia de Isabel, aun temíamos que volvería convertido en un sociópata (situación a la cual no le faltaba mucho para llegar), al día siguiente después del colegio la abuela nos contó la verdadera historia de la huida de mamá, nos confirmó que estaba viva y nos entregó su carta.

Fortaleza

06 de marzo de 2008

A mis amadas hijas.

Lamento tanto no poder despedirme de ustedes, no espero que me entiendan, de hecho están en todo su derecho de estar molestas conmigo, no justifico mi acción, sin embargo, deben saber que mi intención no fue marcharme sin ustedes; a estas alturas creo que su abuela les habrá contado toda la historia detrás de esta cobarde partida, sé que se estarán preguntando porque no las lleve conmigo y la respuesta se halla en Marcos, él es un hombre posesivo y la verdad es que de haberlas llevado conmigo estaría muerta a mitad de camino y ustedes hubieran quedado en las mismas condiciones.

Sé que pedirles perdón no es suficiente teniendo en cuenta todo lo que habrán sufrido, soy consciente de que me habré perdido muchos aspectos importantes de sus vidas, que pasaron noches deseando un abrazo de mi parte y un beso en la frente antes de dormir, quizá su padre les habrá mentido respecto a mí y que incluso habrá dicho que no las amaba o que morí en algún lugar desconocido o en camino, tal vez lo creyeron o tal vez no, pero eso ya no importa. Si han recibido esta carta es porque mis palabras fueron ciertas, Marcos se fue y por fin podremos estar juntas si ustedes lo desean.

Todos los días lamentare haber tomado esta drástica decisión.

Con mucho amor y cariño su madre *Mary.*

No sentí nada al leer la carta, ni alivio, ni esperanza, ni mucho menos compasión. La carta me pareció un simple papel rayado con excusas. La abuela intento justificar la huida de mi madre, pero, a esas alturas ya no me importaba realmente nada de lo que dijeran en su defensa, para mí la mujer que escribió la carta era una desconocida, no la veía como mi madre, la mujer que cuido de mí durante la niñez fue mi abuela, ella fue como una madre, aunque no lo haya sido para mi padre.

Capítulo XII

Un lunes alrededor de la 01:45 p.m. caminaba bajo un cielo con presagio de lluvia, en el trayecto observe casas viejas y gastadas con las ventanas abiertas, las familias que las habitaban se veían demacradas por la rutina, algunas lloraban, creo que por recordar la muerte de algún miembro de la familia, entre en el cementerio de la ciudad y a lo lejos al norte de las primeras seis filas horizontales de lapidas divise a mi abuela Perla, estaba arrodillada frente a una tumba, me acerque para acompañarla, pero, me di cuenta que estaba llorando y me detuve cerca a esperarla.

-Jamás tuve la oportunidad de agradecerle por hacer con mi pequeño Marcos lo que desgraciadamente yo no pude -Hablaba tan segura de que la escuchaban, se pasaba una que otra vez la mano por los ojos secándose y continuaba-. Han pasado muchos años y no me he podido perdonar por haberlo dejado sin poder explicarle las verdaderas razones, sepa usted estando allá en el cielo o en su eterno descanso que tanto Marcos como esta pobre mujer que ahora la visita le estamos eternamente agradecidos por todos sus maravillosos esfuerzos tratando de sacarlo adelante, Marcos ya es un hombre. No me atrevo a decirle como es él ahora, porque ni yo misma lo reconozco. Le confieso que me encantaría volver en el tiempo y remediar mi error, poder tomar mejores decisiones y evitar todo el sufrimiento que le cause a mi familia.

La abuela se levantó después de dejar un ramo de flores sobre la tumba de la señora Roger y volteo con cautela, me oculte detrás de una lápida y la observe marchar, luego me acerque a la tumba de mi bisabuela y leí el epitafio de su lecho de muerte.

Aquí yace una maravillosa esposa, una paciente madre, una amada amiga y hermana y un ser que lo dio todo en cuanto tuvo en sus manos.

Su familia la amara y la recordara por siempre.

Mi abuela al marcharse mi padre me dijo.

-Hija, existen momentos en la vida de una persona, donde se cuestiona si está en la familia correcta o si tal vez su nacimiento fue un error.

-¿A qué se refiere? –pregunte.

-Me refiero a que no siempre se puede escoger la familia que nos tocara, que podemos caer en manos equivocadas, no todas las personas son malas, ni todas son buenas, las familias tienen defectos, todas, sin excepción, es cierto que los lazos de sangre son fuertes, aunque no siempre nos encontremos con personas de buena voluntad, pero ¿sabes una cosa? la familia que se hace en el camino suele llegar a ser mucho más real, sincera y duradera que aquella que va unida por un lazo sanguíneo.

La abuela me hizo entender porque me encontraba en una búsqueda a ciegas, yo no me sentía parte de aquellos individuos con los que vivía, a pesar de que dijeran que eran mi familia, no me resultaba cierto, ellos me parecían extraños con un lazo sanguíneo en común, sólo eso, por años me hicieron sentir sola cuando según ellos podía contar con su apoyo y ayuda incondicional, cuantas mentiras; ellos podían hacer todo el ruido del mundo o podían estar las 24 horas del día en casa, pero, al llegar del colegio y entrar en la casa no había nada más que vacío, soledad y nostalgia.

Por años lo único que deseaba al llegar a casa era morir, no quería pasar los largos fines de semana con aquellas personas, quería correr hasta el fin del mundo, aventarme del piso más alto de un edificio o una torre, cualquiera de las dos cosas, no me importaba, deseaba abandonarlo todo, el colegio faltando un año para graduarme, los sueños del futuro, todo, ya no podía resistir ni un minuto más, era llegar y encontrarme abatida, destruida moralmente, ser una presa vulnerable en medio de un safari.

Al llegar del colegio me sumergía en la rutina de las labores escolares, terminaba tarde para caer rendida en la cama y esperar a que la alarma sonara, para repetir el mismo procedimiento toda la semana.

A veces me escapaba por las noches al jardín de la casa mientras todos dormían, me recostaba frente a la puerta y observaba el cielo estrellado, en ocasiones no podía ver la luna y otras veces la encontraba más radiante que nunca, el viento era frio y los árboles se agitaban sincronizados, las luces encendidas de las casas formaban un espectáculo en el paisaje montañoso, era como si las estrellas ascendieran desde la tierra, juraba estar en presencia de un espejismo, uno hermoso.

Adams solía aceptar el hecho de morir y vivir de una manera peculiar, para él ambos conceptos se asemejaban a una montaña rusa, a veces estamos arriba, otras veces estamos abajo y el final del recorrido es el fin definitivo. Cuando me preguntaba que se sentiría pertenecer a una verdadera familia él simplemente me abrazaba y decía que así se sentía, como un cálido abrazo sincero.

También decía que la muerte se asemejaba al descanso, que era como llegar de una ardua faena, tomar un baño y disponerse a descansar en la habitación, es un sueño sin fin, es un estado de total paz.

"No todas las familias brindan amor y protección. En ocasiones, las personas que deberían ser tus ángeles de la guarda en realidad son los demonios que más te dañan".

Alain Casillas Sagal.

Capítulo XIII

De mi padre aprendí que las apariencias engañan, que todo personaje que se nos enseña a amar termina siendo odiado por consecuencias de sus actos, aprendí que las promesas son mentiras, que los padres no siempre son ejemplares y también aprendí que, si no te valoras, nadie lo hará.

Caminaba por la carretera cuando algo me detuvo en seco, a lo lejos veía una puerta, parecía ser un espejismo, era extraño, no había nada detrás de la puerta, era como si la hubiesen puesto ahí sin ningún propósito, creí que seguía dormida, pero, recordé que todo era parte de mi imaginación, descarte la idea del espejismo, ya que no hacía calor en aquel lugar, avance con cautela para alcanzarla, de repente se alejó a unos cuantos kilómetros, aquello parecía una utopía, las nubes se volvieron grises y comenzaron a sonar truenos, la arena del desierto se transformó en un remolino gigantesco, ahora la única salida era correr hacia la misteriosa puerta. Intente no pensar demasiado mientras corría; detrás de mí la tormenta que amenazaba con desatarse parecía pisarme los talones, tropecé con unas piedras y caí, de repente el suelo estaba ardiendo y me levante rápidamente, continué la carrera y estaba a punto de llegar a la puerta, pero, comenzó a llover fuerte, ahora había rayos chocando contra el asfalto en diferentes direcciones, coche contra la puerta mientras caminaba en reversa y esta se abrió desde adentro y una mano me halo con fuerza por la capucha del suéter; caí en el suelo de un cuarto oscuro.

-Por poco quedas calcinada ahí fuera -dijo una voz encendiendo la luz de la habitación.

-Creí que habías desaparecido –le dije a Adams, reconocí su voz. Me levante y lo mire, se veía igual que siempre.

-Así no funcionan las cosas, Beth. Nadie puede deshacerse de mí, por mucho que digas que te sientes mejor, siempre te dolerá algo.

-¿Quién dice que me deshice de ti? Tú te fuiste.

-Sabes que no es cierto. Yo siempre estuve ahí contigo, pero, me ignorabas y reprimías. Te bloqueaste, bloqueaste los recuerdos que no supiste afrontar. Tu intentaste deshacerte de mí.

-Está bien, acepto lo que hice. Eres un idiota y no pienso sentirme culpable por intentar desaparecerte.

-Me han dicho cosas peores.

-¿Por qué estás aquí?

-Trata de adivinar.

-¿Tiene algo que ver con lo que soñé de la casa?

-¿Sigues pensando que fue un sueño?

-Se sintió como eso.

-Todo lo que viste paso en realidad, no fue simplemente un sueño.

-No contestaste mi pregunta.

-Sí, tiene que ver con eso.

-¿Qué eres con exactitud?

-¿Qué es lo que dices sentir cuando te lastimas una rodilla o sientes una punzada muy fuerte en el pecho?

-Dolor.

Fortaleza

-Ahí está tu respuesta.

-¿Qué hacías aquí?

-Te esperaba, fue aquí donde me escondiste.

-¿Qué es este lugar?

-No lo sé. Al principio parecía una recepción, ahora creo que es un espacio bastante lúgubre.

-¿Qué es eso? –señale un cuadro enorme con una escena funeraria pintada.

-Eso es por lo que te he estado esperando. Ven conmigo.

Nos acercamos al cuadro y Adams entro en él, dejando su mano izquierda por fuera para apoyarme. Tome aire y sujete su mano entrando en la pintura.

Las personas de la escena estaban parados frente a una lápida con sus vestiduras negras y sus cabezas bajas, llevaban sombreros de color gris y negro en sus manos, el clima era frio y el ambiente era de un color grisáceo, uno a uno comenzaron a marcharse en silencio, ninguno converso con la persona a su lado durante el tiempo que estuvimos, era la única tumba que había en aquel lugar, a lo lejos se observaba un bosque, pero nada más. Cuando todos se marcharon pudimos leer la inscripción en la lápida.

Aquí murió la oveja que el lobo disfrazado de perro devoro, aquí descansa la inocencia de una pequeña que no volvió a ver el sol después de la TORMENTA.

Amada angelito, te extrañaremos los que conocimos tu dulzura y te recordaremos en la herida que nos dejaste.

Al principio no dije nada, solo me quede observando las letras del epitafio sin leerlas realmente; recordaba cuando entre en la habitación con aquel "familiar", pero, no recuerdo haber salido, algunas partes del recuerdo estaban presentes, y otras eran borrosas, como si lo hubiera imaginado.

-Lo siento –dije sin apartar la vista de la lápida.

-¿Qué cosa?

-Siento haberte dejado encerrado aquí. No sabía qué hacer con lo que sentía y no me gusta llorar; tampoco quería llorar por esto. Me he sentido como una mierda los últimos años por no decir como estoy en realidad, soy una farsante, casi nunca estoy bien, pero, miento. Le miento a todo el mundo, miento cuando estoy mal, cuando estoy cansada, miento mucho cuando me preguntan sobre mi vida, miento sobre estar feliz para no decir que estoy tan deprimida, no me gusta darles explicaciones a las personas, así que digo que estoy bien para ahorrar cuestionamientos estúpidos. Soy una maldita mentirosa. Sé que está mal hacerlo, pero, en serio es tan agotador tratar de justificar ante los demás porque te sientes cómo te sientes. Las personas dicen que no es para tanto que hay que olvidar las cosas malas y ya está, como si fuera muy fácil. Debería existir un botón de reinicio y tener la opción de comenzar de nuevo con los conocimientos que adquiriste y evitar este tipo de cosas.

-No fue tu culpa. Puedes llorar si quieres.

-No, no quiero. Siento algo horrible por dentro, pero, no tengo lagrimas para sacarlo.

-Me has evitado por tanto tiempo que ya no sientes nada. No te hagas esto, está bien si estás enojada. Grita, patea algo, lanza una piedra al aire, golpéame si prefieres, pero, no te guardes las cosas. Abraza tu dolor, siéntelo, aplástalo, lo que prefieras.

-Está bien, tomare tu consejo –cerré la mano y le di un fuerte puñetazo en la cara a Adams, luego procedí a gritar con una fuerza interna que surgía y me hervía la sangre- ¡MALDITO SEAS IMBECIL! ¡TE ODIO MALDITO ENFERMO! –agarré unas piedras cerca de mí y comencé a tirarlas hacia la lápida, sentía tanta ira y adrenalina en ese momento, seguía gritando mientras lanzaba con más rapidez las piedras hasta que sentí las lágrimas salir y caí de rodillas, me cubrí la

Fortaleza

cara y empecé a llorar sin controlarme; entonces Adams me cubrió con sus brazos.

-Muy bien, suéltalo todo –me decía dando palmadas en mi espalda- Vas a estar realmente bien, ya lo veras, por ahora suelta todo eso que llevas guardado.

Pasaron minutos hasta que pude calmarme, pero, no me levante, me mantuve en el suelo contemplando las piedras que se partieron al chocar con la lápida.

-Lo siento mucho.

-No te disculpes, está bien. Todo está bien. ¿Cómo te sientes?

-Ligera. Siento como si me hubieran quitado un peso de encima.

-¿Quieres quedarte un rato más o prefieres seguir?

-Creo que fue suficiente. ¿A dónde vamos ahora?

-Vamos a buscar un cuerpo de agua. Está atravesando la vegetación –señalo el bosque que observamos al principio.

Comenzamos a caminar atravesando el bosque, no estoy segura por cuanto tiempo anduvimos; se sintieron como unas seis largas horas, no creí que fuera posible, pero, empezaban a dolerme los pies.

-¿Por cuánto tiempo más seguiremos caminando? –pregunte sin aliento.

-Ya estamos cerca.

-Debimos haber buscado una alternativa para llegar más eficiente que caminar.

-Caminar ayuda a la circulación. Ya llegamos.

-¿Un lago? ¿El cuerpo de agua es un lago?

-¿Decepcionada?

-Sí, la verdad es que sí, pero, no importa, siempre que pueda sentarme a descansar. No hay más caminatas ¿cierto?

-No, no más caminatas.

-Estupendo –me tiré en el césped cerca del lago, cerré los ojos y el recuerdo de cuando hui de casa vino a mi cabeza.

Una tarde lluviosa cuando caminaba a casa después del colegio me topé con una linda niña de ojos oscuros, la niña me causo curiosidad así que me detuve a hablar con ella.

-¿A quién esperas? ¿Dónde está tu familia? –la pequeña no respondió; no tenía paraguas, ni abrigo y le ofrecí los míos, ella acepto con una sonrisa. Por un segundo pensé que se quedaría en silencio y comencé a caminar cuando de pronto me hizo una pregunta.

-¿A dónde vas?

-A casa –respondí sin voltearme.

-¿Estás segura? –la pregunta me hizo reflexionar por un segundo, no estaba segura de que responderle y volvió a preguntar aclarándose- ¿estás segura de que es tu hogar?

-No, en realidad no estoy segura de que aquel lugar sea mi hogar –voltee para asegurarme de que siguiera allí.

-¿Qué te hace pensarlo?

-No lo sé, nunca me he sentido en casa estando allí.

-Entonces ¿Por qué sigues yendo?

-Porque no tengo a donde ir.

-Entonces serás miserable por el resto de tu vida mientras sigas yendo.

-Es verdad, debo marcharme de una vez por todas o estaré condenada por siempre –Camine en dirección contraria sin saber a dónde ir ni a quién recurrir, el agua se filtraba en mis zapatos y tenía mucho frio, pero, por una vez en mi vida me sentí más viva que nunca, sólo mire atrás para agradecerle a la niña y continúe mi rumbo sin cambiar mi decisión.

Camine durante varias horas, estaba empapada, con la mente en blanco, la mirada perdida a lo lejos del camino como si esperara algo, un milagro, una señal, cualquier cosa, menos a mi padre; la mochila

Fortaleza

me pesaba, tenía el cabello enredado y la ropa sucia, creí que alguien llamaría a un hospital psiquiátrico para que me internaran por mi aspecto de loca. Llegue a la parada de autobús más cercana cuando la lluvia ceso, no tenía más que unos pocos billetes y unas cuantas monedas resguardados en un bolsillo de la mochila, me subí al autobús con dirección a la capital, me senté junto a la ventana en la hilera derecha a tres puestos de la puerta delantera, el teléfono se había apagado y lo único que me quedaba de comida eran unas migajas de galletas, pero no importaba, porque sentía un gran alivio cada vez que pensaba en que había dejado la casa de mi infancia.

Capítulo XIV

Una noche de tormenta desperté por una pesadilla a las 01:00 a.m. repose por unos minutos sentada en la cama y me levante para ir a la cocina a tomarme un vaso de agua. Había una pequeña gotera que caía cerca de la ventana, toda la casa estaba a oscuras y seguía recordando el sueño, tenía miedo de volver a dormir o quizá de despertar nuevamente en aquel infierno; en la mesa de la cocina había un cuchillo filoso, lo recuerdo porque las luces de la calle alumbraban opacamente la cocina; sé que sostuve el cuchillo en mi mano izquierda y el vaso de agua en la otra, observe meticulosamente el cuchillo pensando si debía usarlo para suicidarme o para cercenarle la garganta a Marcos e Isabel, también pensé en dejar las tuberías de gas abiertas y cerrar herméticamente toda la casa para envenenarlos mientras dormían, ambas opciones eran factibles; ninguno de los dos podrían advertir su suerte, pero no era suficiente castigo, sería una muerte rápida, no sufrirían y eso no me parecía justo y por ese momento desistí de mi locura.

La semana transcurrió de igual manera, despertaba por una pesadilla a la 01:00 a.m. iba a la cocina y pensaba

Fortaleza

en diferentes maneras de asesinarlos, pensé en cerrar la puerta de la habitación que compartía con Isabel con mucha cautela para evitar que el grito de auxilio de Marcos se oyera, posterior a eso caminaría descalza hacia la recamara del premio mayor y lo ahogaría con su propia almohada, él no podría defenderse si le ataba las extremidades antes, luego acabaría con Isabel, también le ataría las extremidades y le cubriría la boca, aunque en lugar de asfixiarla la torturaría golpeándola con un martillo o cualquier otra herramienta de construcción que encontrase en la casa. Durante dos meses no lograba pensar en otra cosa que no fuera matarlos mientras dormían o a mitad de la calle, en medio de una enorme cantidad de personas o en la intimidad de sus cuartos mientras estaban distraídos; no pensaba en buscar ayuda de ningún tipo, ya no me quedaba nada más que perder, el amor propio, la dignidad, felicidad, paz y libertad eran conceptos que no conocía. Que más daba si me declaraban culpable en un juicio, ni el sistema ni la población entenderían mis razones, ninguno de ellos ni siquiera el juez serían capaces de ponerse en mis zapatos por un segundo y soportar todo lo que yo soporte por tantos años; sería el estado contra la joven de 14 años que mato a su única familia. Todo el mundo juzga sin saber la historia completa y realmente ya no me importaba, había vivido por muchos años para complacer a los demás, vivía para los demás y nunca para mí, cuide de ellos cuando lo necesitaron y siempre estuve ahí para ellos, pero, ninguno estuvo para mí cuando lo necesite, los que decían ser mi familia me dejaron sola, me hicieron sentir sola y abandonada con su compañía, no tenía amigos verdaderos y todos me tenían como amargada; estaba en un pozo profundo lleno de agua sucia y desechos tóxicos, yo misma me había metido en toda esa porquería y tenía una solución, cometer homicidio, no me haría feliz, no me daría libertad, pero, sentiría alivio por un leve momento, sacaría a la luz años de frustración, silencio, odio y martirio, años que no viví, años en los que siempre me había dejado en segundo plano, años que nunca recuperaría.

Un día ya no tuve más miedo, el temor de pensar que seguiría viviendo en esa casa me despertó, quería asegurarme de que nadie me persiguiera cuando decidiera huir y por esa razón me obsesione con la idea de matarlos; estaba segura que me atraparían, no culparía a ninguna entidad maligna ni diría que mis actos fueron guiados por una voz en mi cabeza, tal vez demostraría algo de remordimiento, sin embargo, el fiscal mostraría pruebas de que todo fue premeditado o ni siquiera me llevarían a juicio, quizás al estado lo único que le importaba era atrapar criminales, no le importaba las razones estúpidas por las que mataron, en ese caso podría justificarme si llegaban a preguntar por qué no hable antes, entonces diría que nuestro sistema de justicia no le daba importancia a "pequeñeces" (como suelen llamarle a dichos asuntos) como las que yo soporte y que la única opción que veía era aquella. Ambos demonios debían ser exterminados para que yo pudiera irme sin ningún otro temor; tomaría la justicia en mis manos, aunque aquel acto me condenara.

Cuando pasaron los dos meses de mi absurda obsesión no hice nada, me repetía muchas veces que no merecían morir tan rápida y piadosamente, cada uno caería a su tiempo como el efecto dómino; no valía la pena arriesgar mi libertad por una venganza vacía, en el proceso sólo perdería yo, ellos estarían descansando en paz, sus actos quedarían impune mientras que yo pagaría las consecuencias de lo que hice; para mi mayor fortuna sólo me quedaba un año con ellos y pronto seria libre, no mentalmente, pero ya no tendría que estar más cerca de ninguno.

Capítulo XV

-Me acuerdo perfectamente de la primera vez que te vi –le dije a Adams, recostada con los ojos cerrados-. Estaba tan decepcionada y triste. Ahora me parece una excelente idea haber intentado matarme en secundaria, odiaba tanto vivir.

-¿Y ahora? –me pregunto.

-Ahora también lo odio. Cada año siento que estoy muy cerca de morir. A veces pienso que podría morirme en cualquier momento y entonces intento dejar todo en orden para no dejar asuntos pendientes, sin embargo, siempre tendré asuntos sin resolver, no puedo evitarlo.

-No puedes tener todo bajo control, Beth. Las cosas no funcionan así, todo lo que sucede tiene un propósito, no tiene que ser precisamente bueno.

-Lo sé, es hereditario, no puedo evitar ser controladora –abrí los ojos, el cielo estaba nublado por completo, todo era tan opaco-. Hui de casa a los 15 años, me dio pena al principio dejar a la abuela Perla, nunca le dije a donde fui, ni le envié ninguna carta o recado, simplemente me fui; le había advertido que un día ya no regresaría a casa, ella me pregunto a donde me iría, y yo le respondí que no lo sabía, pero, que cualquier otro lugar donde pudiera estar sola sería mejor que seguir llegando a esa casa. No hablamos desde la última vez que nos vimos, creí que la extrañaría y no fue así, no puedo extrañar a nadie, tengo esta idea loca en mi cabeza de que las personas llegan a mi vida por un muy corto tiempo y cuando cumplen su propósito se van o yo los dejo, pero, en ningún momento los extraño.

-Y ¿nunca más supiste de ella?

-Lo único que supe de ella fue que la internaron en un hospital psiquiátrico del estado; un año después de que me mude se le diagnostico esquizofrenia a sus 68 años, sus hijos decidieron internarla porque no podían cuidarla, luego de eso las noticias sobre aquellas personas desaparecieron. Me gradué con 16 años y me fui a vivir al campo con la tía abuela que me recibió en la capital; volví a ver a mamá y a mis hermanos mayores meses después de irnos al campo, ella quería reparar nuestra relación, pero, yo no estaba muy segura de querer hacerlo, es decir, había pasado muchos años desde que se marchó y aún estaba la confusión en mi cabeza respecto a su carta y sinceramente no deseaba saber nada de ellos; estaba segura de que no la odiaba ni la odio aunque si me dolía cada vez que recordaba todos esos años en los que se mantuvo oculta, estaba dolida por todo lo que no calculo que sucedería cuando huyera, por cada pequeño detalle escrito en esa carta y por habernos hecho creer en toda la basura que nos contaba Marcos sobre ella.

-¿Cómo fue que huiste?

-Tome un autobús con destino a la capital del estado, este rodo por casi una hora, llegue a la terminal y busque un teléfono público, inserte las monedas que me quedaban y llame a la tía abuela Rose, es la tía de mamá; recordé que una vez fue a visitarnos a la escuela fingiendo ser una caza talentos y nos dejó su tarjeta de presentación, la tarjeta que me dio tenía un mensaje detrás, estaba escrito que si alguna vez necesitaba ayuda no dudara en llamarla. Por suerte siempre tenía anotado su número telefónico en todos los cuadernos por si en algún momento lo necesitaba. Luego espere a que contestara y le conté de

Fortaleza

donde había sacado su número telefónico y lo que hice, ella me dijo que efectivamente me recordaba y que la esperara en la parada de autobuses sentada, por suerte no tuve que esperar ahí mucho tiempo porque a los minutos llego por mí. Cuando llego se quedó mirándome por unos segundos con una mirada llena de ternura y media sonrisa, nos montamos en el taxi en el que llego y me llevo a su casa, era un verdadero hogar, calidad, sencilla y pacífica, a unos cuantos kilómetros estaba el colegio donde me gradué, tenía un pequeño, pero, lindo jardín trasero, su casa era acogedora, no muy grande, sin embargo, era hermosa. Al principio cuando la llamé temía que no fuera quien decía ser a pesar de lo que hablamos por teléfono, dudaba sobre muchas cosas en aquel momento, sin embargo, recordé la visita que hizo a la escuela y tuve nuevamente esa sensación de familiaridad que me dio la primera vez que la vi; me recordaba mucho a la abuela Maya (la madre de mi mamá) sólo que no poseía ese aire de anciana maquiavélica que la caracteriza. La tía abuela Rose parece diseñadora de ropa para hombres, al caminar porta elegancia y su rostro desborda sabiduría, es una mujer digna de confianza y admiración. Su casa estaba repleta de cosas antiguas, todo parecía sacado de una tienda de antigüedades, casi todo era de madera, la mesa del comedor, el reloj colgado cerca de la puerta principal, las sillas y los muebles de la sala, tenía cuadros de pintura hechos de madera colgados en orden por toda la casa y uno que otro cuadro con fotos familiares, las ventanas tenían cortinas de color verde claro y naranja con detallitos de flores bordadas en las de color verde, las paredes estaban pintadas de salmón y coral, habían tres habitaciones y una linda cocina, la casa tenía muchas ventanas y una hermosa alfombra estilo mosaico en medio de la sala.

-Fuiste valiente, Beth. Dejar todo lo que conoces y arriesgarte a buscar tu paz con el riesgo de que te dañaran más de lo que ya estabas, no es fácil. ¿Valió la pena?

-Por supuesto que sí –me senté-. Al menos tuve la opción de quedarme o irme para siempre. Algunas personas ni siquiera tienen esa opción o tal vez la tienen y no lo saben.

-¿Obtuviste lo que querías?

-No quería nada, Adams, yo solo deseaba estar en paz, eso era todo, paz.

-¿Y tú libertad?

-Observa donde estamos, ¿crees que soy libre? —extendí los brazos señalando el lugar.

-Tienes que hacer lo mismo que cuando te fuiste de casa.

-Lo intente.

-¿Qué hiciste exactamente?

-La tía abuela Rose insistió en que debía deshacerme del recuerdo que tenía de la casa; me convenció para ir un domingo por la noche, necesitaba ropa y los papeles del registro civil y los del colegio para tramitar mis estudios en la capital; creo que la imagen de la casa en mis pesadillas se debe en gran parte al aspecto lúgubre de aquella noche. Cuando llegamos empezó a llover, se escucharon truenos y la vista era borrosa por toda la neblina, tenía la llave de la casa en el bolsillo derecho de mi pantalón, la saque y abrí la puerta principal, no había nadie, la casa estaba abandonada, al entrar pudimos observa bajo la opaca luz de la bombilla el deterioro de la pintura en las paredes, el agua de la lluvia entraba por los enormes agujeros en el techo formando grandes charcos de agua, el ambiente era fúnebre y daba escalofríos, no duramos mucho tiempo ahí dentro, encontramos todo lo que necesitaba fácilmente y lo resguardamos en un enorme bolso de viajes que estaba escondido en la habitación de Marcos. Tuvimos algunos problemas para salir debido a todo el pantano que se había formado y nos llenamos los zapatos, la maleza había crecido y fue un enorme problema al entrar y salir, también escuchamos el ruido persistente de los insectos y los renacuajos, a pesar de todo logramos salir de aquella trampa de barro y no volví nunca más. La tía abuela Rose me recomendó que destruyera las cartas que pudieran producirme sentimientos negativos cuando estuviera lista, porque me

Fortaleza

causarían daño a largo plazo, pero, no hubo necesidad de eso después. Hice todo lo posible para olvidarme de todo lo vivido en aquella casa, escribí cartas llenas de resentimientos y luego las quemé, me repetí incontables veces antes de ir a dormir que no podían encontrarme, me decía que estaba segura; me mantuve ocupada hasta donde se pudo para no recordar, leía, escuchaba música, ayudaba en el jardín a la tía abuela Rose, salía a caminar con ella, escuchaba los programas de radio por las tardes haciéndole compañía, la ayudaba en su taller, aseaba la casa, lavaba y planchaba la ropa, recogía las hojas del suelo en el jardín. Evitaba contar ciertos aspectos de mi vida cuando me lo preguntaban y sin importar que hiciera, los recuerdos seguían ahí, luego se convirtieron en pesadillas recurrentes y en problemas de salud.

-Intentar olvidar no es una solución, Beth, eso solo prolonga el dolor que sientes.

-Pues, ahora lo sé. Estoy un poco atrasada.

-No es así, vas a tu ritmo y eso no es malo.

-¿Estamos a mano ahora? –le extendí la mano derecha.

-Sí, es una tregua –respondió estrechando su mano con la mía.

Capítulo XVI

Durante un tiempo me estuve hundiendo en un océano de incertidumbre que me aterraba cruzar, quizá fue porque no quería tocar fondo para comenzar de nuevo, en su lugar preferí hacer oídos sordos y ese fue justo el problema, tratar de huir del asunto pendiente. Aprendí una lección años después y es que debía seguir la corriente, no ir contra ella.

-Tu silencio es un grito de auxilio —dijo la tía abuela Rose tocando mi hombro derecho mientras yo escribía en la mesa del comedor-. Lo entiendo muy bien, es difícil comunicar las palabras adecuadas.

-¿Qué se supone que debería hacer?

-Permitir que las cosas que tienen que pasar fluyan, si vas en su contra no podrás aprender lo que necesitas saber, así llega la sabiduría. Siempre hay tiempo para todo y un día llegara el tiempo en el que puedas hablar con libertad sin la necesidad de hacer daño.

-¡Gracias! Es de gran ayuda.

-Recuerda que ciertas veces se necesita oscuridad para poder apreciar la luz.

Fortaleza

Los cuatro años que viví con la tía abuela Rose fueron un suspiro para mí, tuve paz y tranquilidad; ella decía que hasta la persona más turbia necesitaba descansar del mundo algunas veces. Por las tardes nos sentábamos en el jardín para plantar nuevas vidas, según ella ese lugar era un santuario para las plantas, era su refugio, un lugar dónde en otoño morirían en paz para renacer en primavera.

-Este será nuestro santuario, Beth, aquí podrás sanar de una manera un poco lenta todas tus heridas –la tía abuela Rose se llenó las manos de tierra abriendo un agujero en el suelo mientras yo le sostenía una planta.

-¿Cómo está tan segura de eso?

-Porque yo sane las mías cada día en este jardín, esos cuatro árboles son testigos de mi cambio –señalo los árboles en el fondo del jardín cerca de las paredes de la casa vecina.

-¿Cuánto tiempo le tomo?

-Muchos años, Beth. Veras, cuando un animalito está lastimado él busca refugio para sentirse seguro y se queda ahí hasta que sana por completo, es exactamente eso lo que hice y ahora es tu turno – no dije nada más, me limite a ayudarla con las macetas y luego nos fuimos a dormir.

Viví sólo un año en la capital, la tía abuela Rose quería cumplir el sueño de vivir en el campo en una pequeña casa que perteneció a su padre que luego de su muerte fue heredada por el tío abuelo César quien murió al graduarme, entonces la tía abuela Rose decidió cuidar el terreno a petición de la abuela Maya que tenía varias propiedades en la capital del país. La casa de la tía abuela Rose tenía un enorme estante repleto de libros de diversos temas; al llegar del colegio cerca de las 02:00 p.m. después de hacer mis deberes me sentaba en el suelo frio de la sala a leer todo tipo de historias y pasaba gran parte de la tarde leyendo. La tía abuela Rose se dedicaba a confeccionar no ropa para hombres, sino más bien ropa de distintos diseños para personas con discapacidad y los niños de la calle, era una labor noble para un bien común.

-Querida Beth, cuando una siente el deseo de hacer algo especial, siempre se le debería dedicar a los que lo necesitan más, quizá no te llene los bolsillos de ganancias, sin embargo, su alegría llenara tu corazón, entonces tendrás la satisfacción de ser de gran ayuda y útil al menos para alguien que lo requiere. Cuando yo tenía tu edad conocí a un hombre de unos 35 años que daba un discurso sobre el triunfo de un negocio que emprendió un señor de 55 años, él inicio con un pequeño restaurante que a los tres años creció más que la competencia; el secreto de su éxito se debió a una mujer. El señor acostumbraba preparar exquisitos platos a los niños de la calle, al hogar de ancianos y a los adultos sin hogar que buscaban comida en el basurero; solía decir que de esa manera aportaba su granito de arena al mundo, quizá no al mundo en general, pero, si al mundo de aquellas personas. Un día llega a su primer restaurante una joven de aproximadamente 13 años o más que había escapado de un lugar hostil, la joven estaba asustada, caminaba descalza y sus pies se hincharon y se llenaron de ampollas, estaba sucia con la ropa llena de sangre por las heridas de su cuerpo y con mucho barro, la joven miro al señor a los ojos y le dijo que tenía hambre, la imagen de la chica en el puro esqueleto y sus palabras le dieron en el alma al señor como una bala; según lo que contaba el hombre de 35 años esas palabras fueron completamente desgarradoras para el dueño del restaurante. "Mi corazón se hizo más pequeño en el momento que vi los ojos huecos de esa joven hambrienta, eso me destrozo"; fueron las palabras que expreso el dueño del restaurante cuando lo entrevistaron. A continuación, el hombre de 35 años narra como el dueño del restaurante y su esposa acogieron a la joven en su casa, la vistieron, la alimentaron y le curaron las heridas de sus pies, en ningún momento le preguntaron a la chica de donde venía ni mucho menos indagaron sobre su pasado, simplemente la ayudaron hasta que meses después ella se marchó agradecida; el dueño del restaurante contaba que después de casarse con su esposa ese fue el

Fortaleza

segundo momento más feliz de su vida. Años más tarde emprende su segundo negocio, apertura un nuevo restaurante esta vez más grande que el anterior, seis meses después recibe una visita inesperada, era una empresaria dueña de una cadena de restaurantes llamada <<El futuro del Mundo>>, la mujer saluda al señor y le cuenta el relato de una joven hambrienta que en agradecimiento con las personas que la ayudaron formo todo aquello para homenajearlos y le ofreció ayuda para que siguieran haciendo su noble causa de alimentar a los hambrientos, la principal causa que realizaban los trabajadores y todos los colaboradores de su cadena de restaurantes. Dos años después esta noble labor se extendió por todo el estado y esa fue su mayor recompensa. Algunas personas no pueden ofrecer mucho, pero, dan lo que tienen dentro de sí mismo y eso Beth, es bastante admirable.

-Comprendo, usted me ha ayudado mucho, aunque no lo crea. Se lo agradezco mucho.

-Estoy para servir.

Aquel año en la ciudad transcurrió lento con muchas variaciones en el clima, a veces el sol era inclemente y otras era la lluvia, llovía más de lo acostumbrado y me encantaba, así la casa se refrescaba, las plantas se nutrían y las calles se limpiaban, las cosas fluían a su propio ritmo, era fantástico. Durante mi estancia en la ciudad, la tía abuela me enseñó a liberar el enojo que sentía por dentro, me dijo que escribiera cartas cada vez que recordara algún suceso injusto o desagradable y luego tenía que quemarlas mientras decía que todo estaba bien, todo acto injusto enseña a ser mejor persona; al principio no vi mejoría, aunque después de un tiempo empezaba a sentirme mejor con lo que recordaba, ya no me afectaba en absoluto, comencé a sentirme en paz conmigo misma.

-Los cambios comienzan siempre por uno mismo Beth, si sientes enojo, odio, rencor y euforia sólo podrás dar eso a cualquier persona que este a tu lado, en cambio si te perdonas primero entonces podrás perdonar, ocurre lo mismo con el amor, para amar a alguien más primero debes aprender a quererte con todos tus defectos y virtudes. Eres inteligente, usa eso a tu favor y llegaras lejos. Muchas personas dicen tener inteligencia, aunque a la hora de actuar no lo demuestran. Es igual en la vida, muchos afirman ser sabios, pero, los verdaderos sabios no lo divulgan, ellos dicen ser aprendices de la vida –me encantaba cuando la tía abuela Rose hablaba, hasta la fecha me sigue pareciendo admirable.

Tres semanas después de graduarme la tía abuela Rose vendió la casa de la ciudad y partimos al campo a un lugar de ensueño, la casita estaba en medio de un enorme terreno fértil listo para ser un espectacular jardín, había rocas dispersas en todas partes. A los días luego de acomodar todo dentro de la casa comenzamos a recolectar las rocas para decorar el jardín, ese fue nuestro proyecto de una nueva vida, permitir que la existencia del mundo vegetal fluyera a los alrededores de nuestro nuevo santuario.

Capítulo XVII

-Debo irme, Beth —me dijo Adams luego de darme la mano.

-¿A dónde iras?

-No lo sé, no con precisión, solo sé que debo esperarte en alguna parte.

-Fue un gusto tener este cierre. Sé que nos volveremos a ver en el futuro, pero, sin mucha importancia o intensidad.

-No puedes saber eso. La vida da muchos giros. Nos volveremos a ver cuándo estés en tu punto más bajo o quizá en el más alto recordándome con cierta melancolía.

-Creo que extrañare los rapones en la rodilla de cuando me caía jugando en el jardín. Las heridas del cuerpo sanan más rápido que las internas.

-En algunos años ya ni siquiera recordaras que las tenías. Es la magia del presente, simplemente se vive, el pasado ya no importa y el futuro no causa angustia.

-No creo que pase de los 30 años. Algunas veces me siento bien, disfruto mucho las cosas que vivo, y otras veces ni siquiera deseo levantarme de la cama y me siento tan cansada y aburrida, me pregunto mucho si en algún momento me saboteare y si lanzare por la borda todo. Lo siento, no debí decirte nada de esto.

-Tranquila, tengo ese efecto en las personas. ¿Estarás bien si me voy ahora?

-Por supuesto, ve y haz lo que tengas que hacer, no volveremos a ver.

-Hasta la próxima –Adams se desvaneció. Me disponía a tirarme al césped nuevamente hasta que vi a una niña de unos cinco años caminando en la otra orilla del lago.

-¡OYE! –le grite, pero, la niña no atendió. Me levante y me acerque un poco al lago- ¡HEY! ¡TEN CUIDADO! –comencé a mover los brazos haciéndole señas a la niña, pero, parecía no escuchar, buscaba manera de que me viera advirtiéndole y de repente cayó al agua- ¡Mierda!

No pensé demasiado las cosas cuando vi ahogándose a la niña, me lancé al agua sin saber nadar y sin haberme quitado el peso que me generaba el suéter mojado. En mi patético intento por nadar y ayudar a la niña terminé enredada con unas enormes algas y tragando agua por no aguantar la respiración, hice un intento por salir a la superficie y tomar aire, pero, parecía imposible, el agua había entrado en mis pulmones.

Luchaba por mantener los ojos abiertos y mis extremidades en movimiento cuando divise una burbuja con una memoria. Pasados los tres años en el campo la tía abuela Rose y yo habíamos remodelado la casa y terminamos el jardín, había muchos árboles en fila alrededor de la casa, plantas decorativas, arbustos de rosas blancas, azules, rosadas y muchas rosas injerto, las rocas que recolectamos las usamos alrededor de las raíces de los árboles y plantas y construimos un camino a través del jardín hacia la puerta principal de la casa, en la parte trasera formamos huertos de hortalizas, verduras y frutas; sembramos en todas las hectáreas del terreno y agrandamos el anexo de la casa, con 4 habitaciones en el piso superior y tres baños, dos de ellos dentro

Fortaleza

de las habitaciones de la tía abuela Rose y la mía, en el piso principal remodelamos la cocina, agrandamos la sala y organizamos los cuartos que antes eran para almacenar muebles viejos convirtiendo uno en la oficina de confección de la tía abuela Rose y el otro en una acogedora y bien distribuida biblioteca. Ocupamos nuestra mente mientras se pudo y a los tres años de haber llegado cumplí los 19 años, la tía abuela Rose me dijo que le había hablado de mi a un viejo amigo que vivía en un pueblo de Japón, me conto que él la ayudo hace mucho tiempo e hicieron una hermosa amistad, luego él regreso a Japón y no supo nada más hasta hace unos 5 días cuando recibió una carta de su parte invitándola a visitarlo.

-Pensé que sería una buena idea si vas allá en mi lugar, se lo comente y me dijo que te recibiría encantado. Ahora bien, es tu decisión si aceptas o no ir –su rostro se maximizo dentro de la burbuja y subió hacia la superficie, yo intentaba desenredarme hasta que deje de respirar y las fuerzas se me agotaron, mi cuerpo se relajó y cerré los ojos, de repente sentí el aire frio golpeando con fuerza mi rostro, abrí los ojos y sentí el movimiento del agua debajo de mí, el agua en mi cuerpo subió hasta que la pude expulsar, sentí el ardor en mi pecho cuando expulse el agua; me mantuve a flote, pero, ya no estaba en el lago ahora estaba dentro del mar y una monstruosa ola me arrastro de vuelta al fondo. Esta vez la sal del mar lastimaba mis ojos y tenía dificultad para mantenerlos abiertos. Aguanté la respiración hasta que subí a la superficie nuevamente.

Observe el mar en el que flotaba y el agua eran mis memorias, parecía que me encontraba dentro de un enorme espejo. El gran mar de recuerdos que evite cruzar por muchos años ahora me pedía a gritos inaudibles que lo atravesara; pues bien, había llegado el momento de enfrentar a mi mayor temor, los fantasmas del pasado. Tomé aire y comencé a nadar dentro de mis recuerdos, me moví con cautela a través de ellos para no revivir ninguno, sin embargo, la cautela no fue suficiente porque entre en una burbuja gigante.

Le dije a la tía abuela Rose que aceptaba su propuesta de ir a visitar a su amigo en Japón y a la semana tenía todo preparado para el viaje, iría hasta el distrito capital donde me quedaría con la tía abuela Rose en la casa de la abuela Maya con la excusa de ir a ver como estaba y al día siguiente me despidieron en el aeropuerto.

-Llegaras al aeropuerto de Tokio y ahí te recibirá el señor Chuang Lee; llévale este regalo de mi parte, no olvides dárselo con ambas manos, una vez que llegues partirán inmediatamente al pueblo donde él vive. Comunícate conmigo en cuanto llegues ¿Si? –me dijo la tía abuela Rose antes de que anunciaran mi vuelo y me abrazo.

-Por supuesto que la llamare en cuanto llegue –Respondí abrazándola-, no se preocupe. Estaré bien, el viaje será estupendo.

-Que Dios te bendiga, mi querida Beth –me dijo la tía abuela Rose.

-Así será. Adiós tía abuela Rose, adiós abuela Maya –Termine por decir sacudiendo las manos.

-Adiós hija –Escuche decir a lo lejos a la abuela Maya.

Luego de varias horas de vuelo (17 horas con 42 minutos aproximadamente) por fin llegué a Tokio, en el aeropuerto las personas sostenían carteles con caracteres y en medio de un grupo de hombres con traje vi al señor Chuang Lee sosteniendo en alto un cartel que decía: **"Bienvenida a Japón, señorita Lisbeth"**; era el único que podía leer por estar escrito en español. Recuerdo que el señor Lee era calvo, media 1.75, su rostro era amigable, vestía siempre una túnica con excepción de las ocasiones especiales, como por ejemplo el día que me recibió, traía un espantoso traje de cuadros rojos y marrones que me provocaron nauseas (o tal vez fue por el viaje en avión), su traje hacia juego con sus zapatos clásicos de los 80 y sus ojos recuerdo que aquel día se veía oscuros, aunque por lo general eran color marrón. Me aproxime con mi maleta a saludarlo y me inclino ligeramente la cabeza en forma de saludo.

-Hola, señorita Lisbeth.

-Hola, señor Chuang Lee –Respondí imitando el gesto que hizo al saludarme.

Fortaleza

La burbuja se llenó de agua y el recuerdo desapareció; seguí nadando hasta que sentí que me asfixiaba y regresé a la superficie. Nuevamente una ola me arrastro hasta el fondo y termine dentro de otra burbuja.

El mayor miedo de la familia siempre fue quedarse solos; la abuela Perla decía que la soledad era mala compañía, mamá le temía a la soledad y por esa razón le era tan difícil dejar ir a las personas, en cuanto a mi padre, él le temía a la definición misma de soledad. Los años para él eran una enorme esfera de angustia por el futuro que le aguardaba, año tras año lo único en lo que pensaba era en el abandono, primero en el de su madre, luego el de Rubí y por último el de mi madre; jamás se reprochaba a sí mismo la razón de dos de sus abandonos, él solamente maldecía el recuerdo de sus tres amores y el vacío que le hicieron sentir. Al igual que ellos yo también le temía a algo, pero, no a la soledad, no, nada de ella me daba miedo, le temía a permanecer siempre en el mismo lugar, en un ciclo, sin avanzar, ni crecer, le temía a la incertidumbre y al mismo tiempo a la rutina, día tras día por horas e incluso años haciendo la misma estupidez, pocas cosas cambiaban, sin embargo, nunca hubo una diferencia.

Una vez leí que el universo o ente divino en lo que una decide creer nos pone frente a eso a lo que le tenemos miedo una y otra vez hasta que lo superemos y podamos avanzar. La señora Isabel Roger temía morir dejando cosas pendientes e hizo todo a su alcance para que eso no sucediera, pero, dejo un cabo suelto, Marcos; al morir creyó que lo había logrado, sin embargo, no tomo en cuenta una variante en su ecuación, el comportamiento humano. La abuela Perla temía repetir con sus hijos el mismo patrón de crianza que su madre le dejo, con el pasar de los años pudo superar su miedo a pesar de que les heredo sus traumas y miedos a sus hijos y les enseño lo que mejor solía hacer cuando las cosas se complicaban, huir. Con los años la abuela Perla les tuvo miedo a dos cosas completamente diferentes, la primera era quedarse sola y la segunda fue perder la razón, ambos temores terminaron por alcanzarla. Marcos les temía a sus recuerdos y los ahogaba en licor, temía al abandono y lo dejaron tres veces hasta que aprendió a responder de la misma forma, le horrorizaba llegar a casa un día y encontrarse consigo mismo, por ello su miedo al concepto de soledad. Mi madre siempre tuvo miedo de hacer inconscientemente con nosotros lo mismo que le hicieron a ella; hizo justamente eso que no quería y paso largos años sintiéndose culpable y sola teniendo por compañeros a sus demonios internos. Isabel no le temía a nada, no tenía nada que perder según decía y al final lo perdió todo y refugio en si misma miedos que terminaron por ahogarla. Cuando crecí entendí que muchas de las acciones de las personas a mi alrededor eran en su mayoría guiadas por sus miedos, incluso muchas de las mías. Ejemplo de ello fue cuando hui de casa, por miedo a seguir viviendo donde nunca me sentí segura. Me gusta pensar que mi mayor temor me impulso a salir de aquel hueco donde me encontraba.

Recuerdo haber asistido de niña al funeral de una señora cuyo nombre no recuerdo; en el velorio me dejaron verla acostada en su ataúd; poco recuerdo de aquel día, solo tengo memoria de que repartieron tazas de chocolate caliente y los familiares de la difunta iban y venían con trajes oscuros y rosas en sus manos. Algunas personas pasaban depositando rosas en su ataúd; sentí curiosidad en algún momento y alguien me levanto para observarla, la mujer estaba vestida bonita y tenía una tonalidad azul en su piel; se veía en paz.

La burbuja exploto y pude subir a la superficie. Ola tras ola me arrastraban hacia el fondo del mar y ya no lograba recordar por qué estaba ahí ni que buscaba; hubo un momento en el que el mar se tranquilizó y logre flotar de nuevo hasta la superficie, al estar allí sentí una leve vibración que provenía de la profundidad, me sumergí y vi a la niña luchando por no ahogarse, nade hacia ella lo más rápido que pude a pesar de que ya sabía que era tarde; por fin la sostuve y la lleve hasta la superficie tratando de visualizar alguna isla. A unos metros había una enorme isla con abundante vegetación, sostuve en mi pecho a la pequeña y nade de espalda con gran dificultad y bastante

Fortaleza

lenta hasta que llegue a tierra, una vez allí me arrodille en la arena con la pequeña en brazos.

-¡Despierta, por favor! ¡Despierta, aún no estás muerta! Solo estás inconsciente, debes despertar ¡por favor! –Le suplicaba desesperada mientras la apretaba y la mecía entre mis brazos- No te puedes morir, no así, no de esta manera, ¡VAMOS DESPIERTA! –Comencé a gritar- Abre tus ojitos.

Por horas lo único que pensaba era en el tiempo que perdí tratando de llegar a la profundidad del mar y me preguntaba una y otra vez si fui negligente en algún punto; me culpaba por su muerte y no entendía porque me afectaba tanto hasta que decidí mirar su rostro. La niña era yo, pasaron muchos años desde que esa parte de mi murió y no lo recordaba; un día común desperté y la inocencia que caracteriza a los niños me había dejado, se fue sin más, de la noche a la mañana, tenía 5 años cuando sucedió, desde entonces ya no podía sentir seguridad; a partir de ese momento entendí que era un ciervo lastimado en medio de un safari.

Capítulo XVIII

-¿Cómo ha estado? –Pregunto el señor Chuang Lee.

-Bien, muy bien. Gracias por preguntar. Por cierto, la tía abuela, le envía este regalo –le dije entregándole el presente con ambas manos, era una caja envuelta en papel decorativo junto con un sobre.

-¡Gracias! –Respondió con una leve inclinación- ¿Dónde aprendió a entregar de esa forma un regalo?

-En un programa de televisión ¿Es de mala educación? La tía abuela Rose también me dio indicaciones de como entregarle el presente.

-No, solo era curiosidad. Se lo agradezco mucho.

-Fue un placer.

-Bien, ¿nos vamos? –me pregunto mientras me indicaba la salida del aeropuerto y caminamos mientras rodaba la maleta que por poco olvide recoger.

Tomamos un taxi hasta la estación de trenes y esperamos sentados el próximo tren.

Fortaleza

-¿Sabe por qué está aquí? –Pregunto el señor Chuang Lee mirándome.

-En realidad no, la tía abuela Rose me pidió que viniera en su lugar.

-¿Está estudiando?

-No, me gradué hace tres años y desde entonces trabajo con la tía abuela Rose en su taller de confección, soy su ayudante, hago las entregas de las prendas, las compras de las telas e hilos y me encargo de administrar el presupuesto de la mercancía. No hago gran cosa.

-Por supuesto que sí, desempeña un rol importante, aparte de usted ¿Quién más hace esas cosas?

-La tía abuela Rose, cuando no está ocupada.

-Su tía es una gran persona, ella me enseño muchas cosas, en especial el español. Cuando mi familia tuvo que viajar a su país por negocios yo no conocía a nadie, estaba solo en un nuevo mundo donde se hablaba uno de los idiomas más difíciles de aprender. Un día salí del hotel en busca de un lugar japonés, algo así como un rincón de extranjeros, pero, la ciudad estaba llena de árabes, italianos, portugueses y muchas tiendas chinas, todos ellos hablaban español y no me entendían; deambule por horas hasta que encontré un restaurante japonés y vi a su tía atendiendo como mesera, me acerque a ella y le hice una pregunta en mi idioma, pero, no me entendió, me indico que me sentara y llamo a uno de sus compañeros que era japonés, le comente que me había perdido y se lo explico a Rose, ella me dio indicaciones para regresar al hotel y después descubrí que vivía cerca, desde entonces comencé a frecuentar su lugar de trabajo. A las semanas formamos una inesperada amistad. Por las tardes al terminar su turno me ayudaba a practicar mi español hasta que me toco regresar.

-La tía abuela Rose me comento que usted la había ayudado hace años.

-De hecho, fue, al contrario. Fui a sur américa con mis padres cuando tenía más o menos su edad y duramos dos meses, tiempo en el que formamos nuestra amistad, luego regrese aquí y volví con 26 años, solo, mis padres ya no tenían más viajes de negocio y pase a representarlos. Su tía y yo nos mantuvimos en contacto por medio de cartas durante mi estadía aquí y aproveche los viajes para visitarla; empleamos un método para enviarnos las cartas, ella me enviaba libros en español para practicar con las cartas guardadas entre las páginas y yo le enviaba libros de jardinería traducidos al español por un viejo amigo del colegio. De regreso a sur américa me encontré con una crisis por parte de los inversionistas mayoritarios y su tía me auxilio, me enseño sobre las leyes que protegían las inversiones y me ayudo a conseguir un asesor legal que me oriento para solucionar la crisis, tardo casi cuatro años porque el problema se había originado durante el tiempo que estuve de vuelta en casa. Al final todo mejoro y tuve que regresar, mis padres murieron tiempo después de cumplir mis 35 años y deje todo en manos del sucesor de la empresa, un familiar que era socio, él vivía en sur américa así que todo fue más sencillo para ellos; en cuanto a mí, vendí mi parte del negocio familiar y comencé a vivir con sencillez como un día lo hizo buda.

El tren llego y nos embarcamos rumbo a Nagoro una pequeña aldea conocida como la aldea de los muñecos nombrada así por estar habitada por muñecos que fueron remplazando a los difuntos del pueblo. Los muñecos fueron creados por una mujer llamada Tsukimi Ayano. El señor Chuang Lee había mencionado que se encontraba ubicada en el valle de Iya en la isla de Shikoku en la prefectura de Tokushima.

-El motivo de nuestro viaje es puramente espiritual –me comento cuando encontramos los asientos asignados-. Hay muy pocas personas ahí, la mayoría de los habitantes han muerto o se han marchado a las ciudades. Vera, estoy buscando un aprendiz que esté dispuesto a trabajar conmigo restaurando objetos antiguos, por supuesto que si usted estuviera interesada a las semanas tendríamos que viajar de

Fortaleza

regreso a Tokio para realizar los trámites de su estadía, eso claro en caso que desee alargar su estancia aquí y quiera aprender algo nuevo.

-¿Sería como una pasante? –le pregunte sentándome.

-Exacto ¿Su pasaporte tiene vigencia de al menos 6 meses antes de vencerse? -pregunto el señor Chuang Lee imitando mi acción de sentarse. Nos sentamos frente a frente con los puestos de al lado de cada uno vacíos.

-Hasta 4 años sin contar este –le respondí. Aun el tren no había dado marcha cuando comenzamos a hablar debido que estaban esperando a que subieran todos los pasajeros.

-Perfecto –contesto el señor Chuang Lee sonriendo-. No tendrá que preocuparse por su tía, se lo había comentado en mi carta y me la recomendó, la describió como una buena aprendiz, por supuesto que la decisión que usted decida tomar la respetare con mucho gusto.

-Gracias. Lo voy a pensar –dije y volteé la cara hacia la ventana- ¿Cómo se llama lo que hace?

-Aquí se le llama Kintsugi, significa carpintería dorada o reparación de oro.

-¿En qué consiste?

-Es una técnica para reparar objetos de cerámica rotos con oro o plata. En otras palabras, lo que hago es unir las piezas rotas, pero, en lugar de pegamento se utiliza el oro o la plata. Es más que un trabajo, es arte.

Es curioso como algunas de las actividades que realizamos diariamente se asemejan a la vida que llevamos; para el señor Chuang Lee su trabajo consistía en transformar objetos rotos en piezas de arte, según él esto se asemejaba mucho a las cicatrices que nos fortalecen; una fuerza que irradia belleza interior por la resistencia que presenta al igual que las piezas que reparaba.

-Shoshinsha –dijo el señor Chuang Lee mientras ahora él veía a través de la ventana.

-¿Qué significa?

-El eterno aprendiz –respondió cerrando los ojos.

Partimos alrededor de las 03:25 p.m. y me sentía desorientada por el uso huso horario. Sacaba las cuentas de la hora que sería en la ciudad donde vivía con la tía abuela Rose; si no me equivocaba estaría amaneciendo y apenas se habría levantado. Me sentía exhausta y tenía una leve jaqueca, en frente de mí el señor Chuang Lee se dio cuenta y comenzó a reír.

-Debería descansar un poco, aún faltan alrededor de unas cinco o seis horas para llegar –dijo cuándo el tren comenzaba a marchar- con suerte llegaremos antes de las 10:00 p.m.

-Gracias por la sugerencia, pero, creo que puedo aguantar durante ese tiempo.

-Como desee –reía el señor Chuang Lee -. Cuénteme un poco sobre usted, sobre su historia, quisiera conocerla un poco.

-Mmm, bueno; tengo 19 años. Me llamo Lisbeth, pero, prefiero que me llamen Beth. Vivo con la tía abuela Rose desde que tenía 15 años y medio. Mi padre se llama Marcos si es que aún sigue vivo –comente sin querer-, mi madre se llama Mary; tengo cuatro hermanos de los que no se absolutamente nada desde hace unos cuatro años más o menos; una abuela que fue diagnosticada con esquizofrenia llamada Perla de la que tampoco se nada desde que me escape de la que suelo llamar casa de mi infancia y muchos traumas que arrastro desde mi niñez. Poseo también un gran número de amigos falsos y recuerdos de situaciones donde termino decepcionada. Ahora ¿cómo podría describirle mi historia? –Me pregunte en voz alta mirando hacia la ventana- en pocas palabras es una tragicomedia o más específicamente una montaña rusa, con más caídas que subidas y con muchas emociones negativas, de esas que le hacen desear lanzar todo por la borda sin importar las consecuencias… -hice una breve pausa mientras pensaba en lo que había dicho y continúe- sí, de hecho, lo define perfectamente. Básicamente he sido la protagonista de una obra un poco absurda ¿Eso le ayuda hacerse una imagen de mi o tiene alguna otra pregunta?

Fortaleza

-De hecho, si, si tengo otra pregunta.

-Ok, formule su pregunta.

-Es sobre un comentario que hizo involuntariamente ¿Por qué supone que su padre murió?

-Porque es un hombre alcohólico que no acepta la ayuda de nadie y que nos abandonó a mi hermana menor y a mí para hacer desaparecer sus recuerdos. El simplemente se fue. Dejo una nota extraña que me hace pensar que quizás buscaba una manera de morir sin sentir culpa.

-Lamento escuchar eso. Y ¿Qué hay de su madre?

-Ella también se fue, pero, muchos años antes. Por violencia doméstica. Mi padre la agredía verbal y psicológicamente hasta que un día pasó de las palabras a los golpes y ella huyo. Fue en una sola ocasión, pero, le basto para irse. Con los años comenzó a pagar sus frustraciones con nosotras y también vivimos los mismos maltratos que recibió mamá.

-¿Le ha recriminado alguna vez a su madre por haberlas abandonado dejándolas con un hombre violento?

-No he hablado con ella. En ocasiones cuando pienso en ello me digo que de haber estado en su lugar habría hecho lo mismo y otras veces pienso que parte de las cosas desagradables que vivimos fue por la decisión que tomo.

-La entiendo, a veces los hijos pagamos los platos rotos –comento el señor Chuang Lee extendiéndome su mano derecha, la sujete con lágrimas comenzando a salir y continúo hablando-. Gaman. Significa soportar algo insoportable con paciencia y dignidad. Es lo que usted ha hecho señorita Lisbeth.

-¿De verdad cree que he hecho eso? –pregunte soltando su mano para secarme las lágrimas. Sentí un poco de alivio por sus palabras.

-Sí, si lo creo. Es usted muy valiente y un día alcanzara el agatsu.

-¿Qué significa?

-La victoria sobre uno mismo. Descanse, el viaje es largo.

-Está bien, le hare caso. Gracias —le dije concluyendo la conversación y cerré los ojos.

Si por un minuto me dieran la oportunidad de regresar al pasado y cambiar algún aspecto importante que haya vivido, sin duda regresaría al momento exacto en el que me perdí y salvaría a la niña abandonada que era entonces y jamás le soltaría la mano.

Cuando mire el rostro de la niña que yacía muerta en mis brazos no pude evitar gritar; fue un grito que desgarro una gran parte que me quedaba de alma; un grito que estuve reprimiendo hace tanto tiempo que pensé que me mataría. Comencé a llorar desesperadamente y me preguntaba una y mil veces ¿Por qué ahora? ¿Por qué no lo descubrí hace seis u once años atrás? Llore hasta sentir que ya no podía más y me deje caer sobre la arena de la isla con la niña en brazos, por un momento sentí que así debía terminar, sin fuerzas ni aliento. Desvanecida bajo un sol abrasador.

Capítulo XIX

-No permitas en ningún momento que las personas te hagan cambiar para agradarles ¿entendido? –pregunto la tía abuela Rose mientras pasaba por la máquina de coser una prenda para un vestido.

-Entendido –respondí. Aunque la verdad eso me hizo recordar que ya lo había intentado muchas veces. Mis compañeros de clase bromeaban sobre que yo era sometida; y lo cierto era que no estaban tan lejos de la verdad. Marcos sometía a cualquiera a su mal carácter, su alcoholismo y hasta sus exigencias de cómo debería comportarse o no los demás.

Muchas veces lo intente, por supervivencia o por enseñanza, temía al castigo, a la soledad y a la sociedad. Tenía miedo de que al llegar a casa me esperara al otro lado de la puerta alguna paliza o castigo por no comportarme en ese momento como él quería. Tenía miedo de salir al descanso de la clase y no tener a nadie con quien hablar. Tenía miedo de las críticas por mi manera de ser. Por esas razones lo intente muchas veces sin éxito; lloraba a escondidas en el baño o en el patio por no ser suficiente para ellos, por intentar ser yo misma. Con el tiempo deje de intentarlo y hubo castigos, soledad, mucha soledad y criticas; realmente dejo de importarme, lo intentara o no de todas formas era igual; llegaba a aquella casa hostil y pesada mientras le rogaba a Dios que no estuviera nadie en ella, algunas veces corría con suerte otras veces me tocaba fingir estar bien, en algún momento las palizas cesaron, pero, los castigos no. En el colegio comprendí que me seguiría sintiendo sola con o sin compañía, la persona que creí mi amiga, en realidad no lo era, y al final dejo de importarme si me encontraba sola en los descansos. Ya me habían matado muchas veces así que pensé que si lo hacían nuevamente no significaría nada.

-No todas las personas que están a tu lado te quieren ver feliz, algunas personas están vacías y en la mayoría de los casos ni siquiera se quieren a sí mismos –la tía abuela Rose iba terminando el remallado del vestido mientras hablábamos-. Ellos solo pueden ofrecer el vacío que llevan consigo.

-Hubo un tiempo en el que también me sentí vacía. No tenía emociones de ningún tipo y me volví apática. Antes de eso estuve cansada, física y mentalmente, me levantaba porque tenía que hacerlo, hacia lo que tenía que hacer por obligación; lo único que quería era dormir y calmar mi mente. Sentía que estaba muerta, pero, aun respiraba y mi actividad motora seguía funcionando –la tía abuela Rose detuvo la máquina al terminar el vestido y guardo silencio por unos minutos mientras yo clasificaba las telas.

-Siempre que te vuelvas a sentir así puedes hablar conmigo. No prometo conseguir una solución para salir de ese estado, pero, te escuchare con gusto si deseas hablarlo.

-Gracias. Lo tendré en consideración por si vuelve a suceder –culmine de seleccionar las telas y procedí a guardarlas en el estante donde la tía abuela Rose colocaba los demás materiales de costura.

Capítulo XX

El viaje tardo casi seis horas y cuatro minutos. Había caído en un sueño profundo, pero, escuchaba una voz lejana que llamaba por mi nombre.

-Señorita Lisbeth, despierte –desperté abrumada por la voz del señor Chuang Lee y el ruido del tren deteniéndose.

-¿Qué sucede?

-Acabamos de llegar. Bienvenida a Nagoro –dijo entregándome con su brazo izquierdo mi maleta. Me indico la salida y bajamos del tren.

Llegamos de noche como lo había predicho el señor Chuang Lee, apenas distinguía las luces en la lejanía.

-Encantador ¿no? La mayoría de los habitantes se han marchado del pueblo por distintas razones.

-Siendo honesta, se me hace un poco escalofriante y eso que he pasado por la carretera de los llanos en plana madrugada donde dicen que se aparecen entidades malignas –el señor Chuang Lee rompió a carcajadas- perdóneme, pero, es cierto.

-No se preocupe, aquí lo único que la podría asustar son los muñecos que habitan el pueblo, están por todas partes ¿Le molesta caminar señorita Lisbeth?

-No, de hecho, es lo que más suelo hacer.

-Qué bueno, porque nos toca caminar a partir de aquí. No esta tan lejos a donde vamos, sin ningún contratiempo llegaremos a tiempo para descansar.

-Ok.

Llegamos en media hora a una casita típica de Japón con sus puertas corredizas y sus paredes de madera entre muchas otras cosas. Al abrir las puertas entramos a lo que yo conocía como recepción, pero, en Japón se llama genkan, es el lugar donde se quitan los zapatos para no llevar la suciedad de la calle adentro de su hogar. Luego me dio un recorrido por toda la casa y me enseño la habitación que estaba destinada para la tía abuela Rose y donde podía encontrar el baño. Desempaqué mis cosas en unos estantes que estaban de cada lado de la cama, me acosté después de organizar la ropa y caí rendida. Tuve sueños extraños con los muñecos que nos encontramos en el camino y despertaba cada cinco o siete minutos en la madrugada hasta que volví a conciliar el sueño.

Volví a despertarme cerca de las seis de la mañana y perdí el sueño. Tuve un colapso emocional que me hizo levantarme de la cama y hacerme bolita en una de las esquinas del cuarto, presionaba las piernas contra el pecho y las lágrimas corrieron solas; ya se me había hecho un hábito los episodios cuando llegaba el fin del mes. No recuerdo bien si deje de llorar antes de que los rayos del sol se proyectaran por la ventana o después de eso, lo único de lo que estoy segura es que me levante en algún momento y me perdí para encontrar el baño, regrese luego de bañarme y cambiarme dentro del baño y minutos después el señor Chuang Lee tocaba la puerta del cuarto.

-Sí, dígame -respondí al abrir la puerta.

-¿Cómo durmió, señorita Lisbeth? -el señor Chuang Lee llevaba puesto una túnica color durazno que le daba aspecto de monje Budista.

-Bien, muy bien, soñé con algunos muñecos en la madrugada, pero, después concilié el sueño nuevamente -el señor Chuang Lee se reía, se le había hecho costumbre cada vez que expresa mi choque cultural.

-Lo siento, no debería reírme, es solo que usted lo expresa en un tono que me resulta divertido.

-Descuide, tiene razón, es gracioso. ¡Ah! Por favor, la próxima podría llamarme Beth, nadie me dice Lisbeth a menos que estén enojados.

-¡Oh! Muy bien, entonces la llamare señorita Beth.

-Perfecto, lo siento…

-Sí, señorita Beth –interrumpe el señor Chuang Lee antes de que formulara mi pregunta.

-¿Usted es budista?

-¿Lo pregunta por el vestuario?

-Sí, leí sobre Buda en una enciclopedia de historia y por la túnica que lleva puesta lo relacioné.

-De hecho, no es así, las compre para estar en la casa, son más cómodas que la ropa de casa. Pero solo las uso los días frescos y los calurosos. En fin, a lo que venía era a decirle que el desayuno está listo ¿gusta de acompañarme a la mesa?

-Por supuesto, voy en un momento.

-Está bien –dijo el señor Chuang Lee y se retiró.

Ordené rápidamente el desastre que había hecho en la cama y salí de la habitación hacia la cocina. La mesa estaba repleta de tacitas con comida y en el medio había una jarra con un líquido verde. Volví a saludar al Chuang Lee que estaba sentado en el piso esperándome, me senté también en el piso frente a él en la mesa; me indico que tomara lo que más me apetecía comer y escogí algo que se me hizo familiar.

-¿Le gusta la avena señorita Beth?

-Sí, la tía abuela Rose me enseñó a prepararla, a veces desayuno con esto -levante la taza mostrándole.

-Es bueno saberlo, pensé que no le gustaría –comimos en silencio y probé algunos de los platillos de la mesa que para mi sorpresa me gustaron. Comenzamos a recoger las tacitas para lavarlas y se me ocurrió preguntarle al Señor Chuang Lee por la tía abuela Rose.

-¿Usted sabe por qué la tía abuela Rose no acepto su invitación? Me dijo que tiene miedo de viajar en avión, pero, sé que es mentira.

-Bueno, hace algunos meses cuando le envié mi invitación escondida en un libro de jardinería ella me envió su respuesta por medio del mismo método, de hecho, me envió una extensa carta donde me escribió sobre usted. Ya yo sabía desde hace años de su existencia, justo cuando comenzó a vivir bajo la tutela de su tía. Cada cierto tiempo me enviaba una carta donde me describía como fue recibirla y lo bien acompañada que se sentía por usted; no tenía muchos detalles de su vida hasta que usted misma me los contó, su tía solo expresaba el querer sacarla de aquellos horizontes por un tiempo, el poder ayudarla a salir de su estado ansioso. No me pidió ayuda, sin embargo, yo se la ofrecí, el plan era que ambas vinieran por un tiempo para despejarse, pero, su tía prefirió enviarla a usted para que sanara –escuche todo atentamente mientras lavaba las tacitas y asimilaba lo que el señor Chuang Lee me contaba.

-No creo que haya sido muy buena compañía para la tía abuela Rose, en ocasiones me aisló –dije sin pensar-. Aprecio su intención de ayudarme –cambie el tema.

-Agradézcase a usted.

-¿Por qué? –termine de lavar y lo mire confundida.

-Por permitir que la ayude.

Capítulo XXI

Durante horas me negué a soltar el cuerpo de la niña porque no quería abandonarla otra vez; intenté caminar mientras cargaba su cadáver, pero, era casi imposible, el peso muerto sumado a mi agotamiento me impedía avanzar sobre la arena y en algún momento debía tomar la decisión de soltar aquella carga.

Caí de rodillas con la niña aún en mis brazos, la deje tendida en la arena con gran dolor. Me quede unos minutos observándola y me preguntaba ¿en qué momento permití que sucediera? ¿Por qué no me di cuenta antes? Mi culpabilidad se hacía mayor a medida que no había respuesta a ninguna de mis interrogantes y pensé en quedarme allí, sin avanzar nunca y reprocharme por todas las cosas que no pude evitar, pero, no debía quedarme, porque estaría atrapada para siempre en mis recuerdos, auto consolándome cada cierto tiempo intentando avanzar mientras seguía en un bucle. Pase mi mano derecha por su cabello y bese su frente fría con los ojos cerrados mientras las lágrimas corrían.

-Lo siento mucho, perdóname –le susurre- adiós- le dije al levantarme; camine por su lado tratando de ignorar su cuerpo y avance a pasos lentos con un nudo en la garganta. Atravesé la vegetación de la isla y vagué sin rumbo alrededor de una hora y media hasta que me encontré con las vías de un tren, lo cual no me pareció tan extraño teniendo en cuenta donde me encontraba horas antes. Nada en este lugar es normal –me dije en voz baja.

Me senté cerca de las vías del tren para descansar las piernas; el cielo se tornaba oscuro anunciando la caída del sol, había insectos por todas partes haciendo ruido, el calor me sofocaba por la ropa mojada, me quite el abrigo para exprimirlo y lo acomode en el suelo como almohada, me recosté viendo hacia el cielo y minutos después me quede dormida.

El señor Chuang Lee y yo salimos de la casa, él llevaba puesto ropa poco formal, normalmente salía con unas sandalias descubiertas en los dedos para llevarlas más cómodamente con medias (algo parecidas a las sandalias de cuero que usaba mi bisabuela para salir), pero, en aquella ocasión se colocó zapatos. Al salir no me dijo a dónde íbamos.

-Estamos algo bajos de trabajo por la temporada, así que tendremos suficiente tiempo para recorrer el pueblo –dijo el señor Chuang Lee comenzando la conversación mientras caminábamos.

-¿Se refiere a usted y a los pocos comerciantes del pueblo o a su equipo de trabajo?

-¡Oh, no! Yo trabajo solo; en realidad, aquí no hay mucho que hacer. Como habrá visto hay muy pocas personas; abundan más muñecos que gente.

-¿Usted no es de por aquí? –pregunte confundida.

-No, estoy aquí por vacaciones. Aunque no lo parezca este es un buen lugar para descansar la mente y meditar cerca del rio.

-Lo siento, creí que usted vivía aquí y que nos dirigíamos a su tienda de antigüedades –el señor Chuang Lee se reía como de costumbre.

-No, la casa es de una amiga, fue a visitar a sus hijos, me alquilo la casa por la temporada.

Fortaleza

-¿De dónde es usted?

-He vivido toda mi vida en kakunodate, también conocida como el pequeño Kyoto.

-Tiene sentido, entonces ¿su tienda está cerrada por la temporada?

-No, un amigo la atiende cuando estoy de vacaciones. Ambos aprendimos el arte del Kintsugi y cuando va a la ciudad de visita me ayuda con la tienda.

-Genial, entonces ¿a dónde vamos?

-Vamos a meditar cerca del rio. Ukiyo –comento como si yo pudiera entenderlo.

-¿Uki qué? –pregunte con mi cara de confusión que al parecer siempre le hacía gracia.

-Ukiyo, significa el mundo flotante. Se refiere a un estilo de vida; en vivir el momento alejados de las preocupaciones que esta misma trae. Es justo lo que haremos hoy –permanecí en silencio unos minutos mientras analizaba la palabra y luego le respondí.

-De acuerdo.

Llegamos al rio después de algún tiempo caminando, nos sentamos bajo la sombra de los árboles en unas piedras. Estuvimos en silencio recuperando el aliento por un largo rato cuando por fin el señor Chuang Lee hablo.

-Podemos comenzar a meditar si quiere –expreso cruzando las piernas en posición de mariposa.

-Intente hacerlo hace años, pero, no me funciono; no es algo que se me dé naturalmente –respondí imitando su posición en forma de mariposa.

-Tal vez podría intentarlo de una manera diferente, lo importante es que se relaje y dejar la mente en blanco.

-¿Puedo meditar imaginando que estoy en un lugar que se me haga familiar?

-Por supuesto que sí ¿Qué tiene en mente?

-Cuando tenía 13 años estando en una reunión familiar me quede dormida en el sofá de la sala donde veían televisión y soñé con un museo en ruinas; tenia ciertos aspectos similares a la casa donde pase toda mi niñez y parte de mi adolescencia. La casa tenía partes del techo caídos, había un enorme agujero en la sala y cada vez que llovía se inundaba por dentro; a Isabel y a mí nos tocaba sacar el agua empozada, las puertas chillaban al abrirlas y cerrarlas por lo oxidada que estaban y había algunas ventanas rotas. A diferencia de la casa al museo le faltaba el techo y algunas puertas, las paredes tenían el mismo color que la casa y enormes manchas de humedad, sin embargo, el ambiente era pacifico, todo lo contrario de aquella casa que tenía un ambiente lúgubre y hostil. En algunos rincones del museo me encontraba con los pedazos caídos del inexistente techo que me recordaban el deterioro de la casa. Al despertar me invadió una sensación inefable; creí haber encontrado un lugar donde podía estar segura, donde cada vez que lo requería me podría aislar escapando de la realidad. Me solía decir a mí misma que era un santuario.

-¿Cómo está segura de que fue un sueño?

-Porque no quería salir de allí. Cuando abrí los ojos me encontraba en el mismo lugar donde no quería estar y aumento mi ansiedad –hablaba sumergida en mis recuerdos mientras observaba un camino de hormigas en el suelo - Cada vez que me imaginaba en el santuario mis ganas de salir huyendo desaparecían y al despertar comenzaba a pensar en suicidarme.

-En ese caso, entonces, puede meditar adentrándose en su santuario o si lo prefiere simplemente podemos hablar. Ya sé mucho acerca de su historia ¿tiene alguna pregunta respecto a la mía?

-De hecho, sí. Tengo curiosidad de saber por qué eligió renunciar a su parte del negocio familiar.

-Porque extrañaba mi hogar. Seguir en el negocio significaba perderme a mí mismo, vivir por el sueño de mis padres y no por los mío, significaba saldar una deuda que nunca existió. Siempre me gusto

Fortaleza

la sencillez y la buena compañía. Mis padres no siempre estuvieron a mi lado por causa de sus viajes de negocios, a mi realmente no me importaba; los veía felices cumpliendo sus sueños y llegué a un punto donde creí mi deber continuar sus sueños. Su tía Rose me ayudo a darme cuenta que estaba equivocado.

-¿Alguna vez sintió la presión de formar una familia?

-Por supuesto que sí. Pero, a veces en el camino vas formando a tu verdadera familia y cuando llegas a la vejez te das cuenta de que estás rodeado de ellos y da la casualidad que esa familia son tus amigos; Nakama, es la palabra japonesa que engloba este término. Dígame algo señorita Beth ¿usted tiene algún Nakama? O ¿tal vez algún Shinyuu?

-¿Qué significa Shinyuu?

-Shinyuu, es un verdadero amigo, alguien en quien puedes confiar.

-En ese caso tengo a mi abuela paterna, Perla, y la tía abuela Rose. Las personas de mi edad apenas se están descubriendo a sí mismas y algunos son bastante crueles en el proceso, así que las dos únicas mujeres en las que puedo confiar son mi abuela Perla y mi tía abuela Rose.

-¿Extraña su hogar, señorita Beth?

-Puedo sonar cruel, pero, honestamente no puedo extrañar nada, es un sentimiento que pocas veces sentí. Tengo la creencia de que no se puede extrañar lo que no te pertenece y mucho menos a quienes nunca estuvieron.

-Tal vez en el futuro pueda extrañar su hogar.

-Puede que sí. ¿Nunca se ha arrepentido de algo que no hizo o no pudo evitar?

-Sí, realmente si hubo un tiempo donde la culpa me comía por completo; fue cuando era adolescente. Vi morir a una mujer frente a mis ojos. Ella huía de su esposo; su padre la había vendido por unas cuantas monedas para comer y ella logro escapar. Caminaba con mi madre cuando una mujer corrió hacia nosotros en busca de ayuda y mientras nos explicaba su historia, su esposo le disparo en la cabeza y luego se suicidó. Viví por años con el remordimiento hasta que encontré a una de sus hermanas y le pedí perdón. Su respuesta fue, Shoganai.

-¿Qué significa?

-Que no se puede evitar el destino; y ya que los sucesos derivados de esté escapa de tu control, no te culpes por ello.

Capítulo XXII

El año que viví en la ciudad capital con la tía abuela Rose tuve días oscuros en los que deseaba morir. De camino al colegio tenía que atravesar un puente compartido (estaba dividido); en el medio cruzaban los vehículos y los laterales eran para los peatones, ambos laterales estaban protegidos por una alambrada, aunque la mayor parte estaba rota, así que no protegía mucho que se diga. Cada vez que cruzaba el puente me detenía en la parte rota de la alambrada que formaba un enorme agujero y observaba la carretera que atravesaba el puente por debajo; me imaginaba caer y ser arrollada por los camiones de carga y los autos, quería saltar, pero, me faltaba valor o la suficiente cobardía como para hacerlo. Cada cierto tiempo cuando mis pensamientos se hacían más incesantes deseaba tener el coraje suficiente para volarme los sesos; nunca se lo dije a la tía abuela Rose, no sé si lo habrá sospechado alguna vez, en esos momentos actuaba con normalidad y buscaba la manera de mantenerme ocupada para no pensar y a la hora de descansar escuchaba música para dormir.

A pesar de tener compañía me sentía vacía y los pensamientos invasivos venían a mi como balas de alto calibre, rara vez pensaba en el dolor y el trabajo que le dejaría a la tía abuela Rose con mi muerte; realmente casi nunca pensaba con claridad y muchas veces veía venir los espectros de mi pasado.

A veces cuando iba de regreso del colegio a casa veía uno que otro vago en la calle y me paralizaba pensando en que podría ser Marcos, el miedo se apoderaba de mis sentidos y continuaba caminando cabizbaja con arritmia y un sudor que me producía escalofrió. Por las noches nuevamente me alcanzaba el pasado y se transformaba en pesadillas recurrentes a blanco y negro.

Cada uno de los recuerdos que reprimía salieron a flote y desperté alterada con arritmia y jaqueca, sentía que podría morir de un paro cardiaco, así que me senté, cerré los ojos e hice ejercicios de respiración. Al abrir los ojos no reconocía el lugar donde me encontraba, a lo lejos veía un túnel; supuse por las vías del tren que tendría que subirme a un vagón en cuanto llegara el tren y no me equivoque. Pasaron algunas horas antes de que llegara el tren y me subí en el último vagón y como todo en aquel lugar estaba lejos de ser normal, por supuesto que el tren también era un medio de recuerdos.

Estuvimos en Nagoro dos meses y durante ese periodo seguíamos la misma rutina, nos levantamos a las 07:00 a.m. para desayunar (nos alternábamos los días en los que preparábamos la comida), ordenábamos la casa, a las 10:00 a.m. se preparaba la comida para llevar y a las 11:30 a.m. más o menos nos dirigíamos al rio a meditar o en mi caso a intentar relajarme. A las semanas de haber llegado a Nagoro tome la decisión de quedarme en Japón para trabajar con el señor Chuang Lee, quien me ayudo a solicitar una visa de trabajo. Siempre que podía le escribía a la tía abuela Rose contándole lo que aprendía del señor Chuang Lee y como se reía de mi cuando tenía conflicto para entender lo que me decía. A unos días de cumplir los dos meses en la aldea de los muñecos el señor Chuang Lee me anuncio que iríamos a Kakunodate, decía que era el lugar que lo vio nacer.

-Pronto conocerá mi hogar, es un lugar hermoso. Herede la casa de mis padres y ahí tengo mi taller, a menudo pienso que mis

Fortaleza

amados padres les hubiese encantado dedicar su vejez al Kintsugi, es un hermoso arte. Tuve una buena infancia en esa casa ¿y usted señorita Beth?

-No puedo decir lo mismo de la casa donde nací y mucho menos de aquella pequeña ciudad.

-Lamento escuchar eso. Si no es muy imprudente de mi parte ¿puedo escuchar un poco más a profundidad de su niñez? –el señor Chuang Lee estaba más cerca de la corriente aquella tarde y meditaba sobre sus recuerdos con mucha nostalgia.

-¿Qué le gustaría saber? –pregunte observándolo desde una distancia moderada.

-¿Cómo se sintió durante todos esos años que vivió en aquella casa?

-Condenada.

-¿Por su padre?

-Por todo lo que implicaba seguir viviendo allí. Me sentía condenada a la decadencia que aumentaba cada año, frustrada por no tener a donde ir y atrapada como un ave enjaulada. Era un lugar hostil y frio. Cada año el techo se caía cada vez más rápido, la lluvia se filtraba a través de las paredes y las pudrían, y el piso se inundaba. En la temporada de sequía escaseaba el agua en todo la comunidad y los vecinos se peleaban por tener un poco de agua, cada quien velaba por sus intereses y pisoteaban a todo el que estorbara en su camino.

-¿Y su infancia?

-Triste, carente de afecto, abundante en abusos y sobre todo solitaria. Cuando entre en la adolescencia tenía la creencia de que algo cambiaria, pero, no fue del todo cierto. Me plantee suicidarme y perdí mi fe, luego cuando fui a vivir con la tía abuela Rose volví a creer y después nuevamente la perdí, solo que esta vez es definitiva.

-¿En que ha perdido la fe, señorita Beth, en usted misma?

-Comencé a cuestionar las creencias bajo las que fui educada y descubrí que el Dios en el que nos hacen creer es sinónimo de opresión y miedo, y que en realidad no hace nada, somos nosotros los que infringimos dolor y castigos. En eso he perdido la fe, señor Chuang Lee, en las personas. Nunca le he dicho a la tía abuela Rose que con frecuencia sueño con estar atrapada en la casa de mi infancia, los sueños varían; a veces Marcos sigue en la casa y está durmiendo en mi habitación en estado de ebriedad, el ambiente es de una tonalidad gris tenue, mi corazón late deprisa y tengo miedo de que despierte, busco la manera de salir, pero no es posible, solo están las ventanas y es imposible salir a través de ellas, y es cuando me percato que estoy atrapada. Otras veces sueño con que han pasado los años y nunca escape de la casa y un día Marcos regresa y ya no puedo escapar, el miedo se apodera de mí y me siento frustrada, entonces despierto con la sensación de que algún día me encontrará y me hará regresar –hablaba sumergida en el recuerdo de aquella pesadilla con la mirada fija en el rio, revivía los sentimientos de miedo y terror que experimentaba en los sueños y entonces la voz del señor Chuang Lee me despertó.

-Sigue viviendo en el pasado, señorita Beth, sé muy bien que es difícil dejarlo ir.

-Sí, es realmente difícil, pero, sin importar cuanto lo intente o lo evite involuntariamente siempre regreso a mi niñez.

-Lo entiendo muy bien, no se atormente intentando evitarlo, todo lleva su proceso, solo debe dejar que fluya y en algún momento comprenderá que nada de lo que paso o le hicieron fue su culpa.

-¿Y si tal vez lo fue? Quizá yo debí haberlo previsto y nunca debí entrar en ese cuarto cuando me lo pidió, y quizá nunca debí jugar mientras Marcos dormía para que no me castigara y golpeara al despertar. Tal vez yo debía estar cumpliendo mi responsabilidad sin cuestionar las ordenes que se me daban.

-No creo que hubiera forma de que supiera que iba a pasar. Nada de lo que le hicieron fue su culpa, ni su responsabilidad, era una niña inocente que fue injustamente dañada y maltratada, ningún niño merece ser tratado de esa forma, señorita Beth –el señor Chuang Lee

Fortaleza

se había acercado a mi cuando vio que iba a llorar y se limitó a sentarse a mi lado sin hacer ningún tipo de juicio y siguió escuchándome.

-Le conté a la tía abuela Rose, cuando vivíamos en la ciudad que recordaba haber sido abusada cuando tenía 5 años y que unos años después Marcos descubrió a un familiar abusando de Isabel y en lugar de denunciar lo ocurrido nos golpeó hasta el cansancio, culpándome a mí por no estar cuidando de Isabel, yo tenía 8 años entonces; nos gritaba y golpeaba con un cinturón de cuero porque nosotras habíamos permitido tal acto, Isabel tenía 6 años. Cuando se cansó de golpearnos nos encerró en la habitación sin comer y a la mañana siguiente aquel familiar seguía como si nada y Marcos nos seguía culpando porque nosotras debimos saber que lo sucedido era malo, aunque nunca nadie nos habló o incluso advirtió que aquello podría llegar a pasar. Después de un tiempo mi cerebro reprimió el recuerdo y cuando tenía 11 años comenzaron a brotar fragmentos de aquello que no quería recordar. Cuando tenía 13 años comencé a soñar despierta creando en mi cabeza lugares y situaciones que no existían para sobrellevar mi dolor y fue entonces que apareció Adams.

-¿Quién es Adams?

-Un amigo imaginario, Adams era mi dolor convertido en persona y específicamente hombre para representar la figura paterna protectora que nunca tuve. Pero, un día lo enterré para siempre en mi subconsciente, porque había intentado suicidarme y no quería enfrentar el hecho así que, en mi lugar preferí creer que Adams se había matado y pronto mis recuerdos de él, desaparecieron. A veces lo extraño, es lo único que he logrado extrañar en mi vida –los ojos se me empañaron, mientras me secaba los ojos sentí la mirada compasiva del señor Chuang Lee; no se acercó a consolarme porque en una ocasión le comenté que odio el contacto físico porque me hacía sentir peor.

-¿Este lugar a donde solía escapar de su dolor es el santuario del que me hablo? –pregunto en tono suave el señor Chuang Lee.

-Sí.

-Lo siento mucho, señorita Beth.

-No tiene por qué disculparse, no fue usted quien me hizo daño –conteste mirándolo.

-¿Su madre sabe todo esto? –sabia la razón por la que el señor Chuang Lee me preguntaba sobre ella.

-No, no hablo con ella, es una extraña para mí.

-Ahora lo entiendo, usted habla mucho sobre su padre, pero, no sobre su madre.

-Tengo escasos recuerdos de ella.

-¿Cuándo la vio por última vez?

-Cuando la tía abuela Rose y yo nos mudamos al campo. Ella me busco, quería hablar conmigo, pero, yo no tenía nada de qué hablar así que se fue, otra vez.

-¿Y sus hermanos?

-Tampoco me acuerdo de ellos, vivimos juntos cuando era niña y cuando Mary se fue se los llevo. No les guardo rencor, ni los envidio; en realidad no siento nada por ellos ni por Mary. No puedo decir que los odio, pero, mucho menos que los quiero; no se puede sentir nada por quienes nunca estuvieron con una.

-Cualquiera que la escuchara hablar así diría que no tiene sentimientos.

-Puede que tenga razón; creo que soy bastante emocional y algo amargada, pero, no sentimental. En ocasiones me invaden sentimientos como la culpa o el arrepentimiento, pero, no duran mucho. Si piensa que soy una persona sin corazón no está del todo errado.

-No creo eso, señorita Beth, solo sé que usted está rota y trata cada día de colocar cada pieza en su lugar. Los seres humanos somos criaturas frágiles, nos rompemos y en el proceso de volver a juntarnos a veces herimos a otros.

Capítulo XXIII

Estando en el tren me encontré con una curiosa placa tirada en el suelo, tenía inscrito la palabra maemuki; significa que lo importante es centrarse en el presente y en lo que está por venir más que en regodearse en lo que ya ha sucedido. Me encantaría decir que durante mis cuatro años viviendo en Japón me centre en el presente, pero, en realidad no fue así. No se puede superar en pocas charlas años de historia, historia que formo el carácter de la persona que alguna vez fui.

Se cumplía un año de haber llegado a la ciudad natal del señor Chuang Lee, Kakunodate; una hermosa ciudad caracterizada por antiguas casas samuráis y muchos árboles de cerezo, llamados sakura; había presenciado por primera vez el cambio de estaciones y quede maravillada con lo que los japoneses llaman sakurafubuki, que en español es lluvia de pétalos de la flor de cerezo. Si bien lo había visto antes en algunas películas presenciarlo es toda una experiencia.

El señor Chuang Lee me enseño el arte del kintsugi y un poco de japonés que no aprendí hablar muy bien, se me dificultaba retener algunas palabras y olvidaba el significado de otras; podía entender el idioma cuando el señor Chuang Lee me hablaba, pero, a la hora de responder olvidaba todo y contestaba en español. El señor Chuang Lee se reía mucho de mí y me tenía paciencia.

-Nanakorobi yaoki –dijo el señor Chuang Lee en voz alta mientras le escribía a la tía abuela Rose.

-¿Quiere que le escriba eso por usted a la tía Rose? –pregunte en forma de broma.

-No, gracias. No lo dije para que lo escribiera, señorita Beth. Es parte de nuestras lecciones diarias de japonés.

-Nanakorobi yaoki –repetí- ¿Qué significa?

-Es un proverbio japonés. Si te caes siete veces, levántate ocho.

-Nanakorobi yaoki –dije de nuevo-. Me gusta. Creo que no se me olvidara.

-Noto que ha mejorado, ahora retiene las palabras.

-Es porque me esfuerzo y practico mucho en las tardes. Me avergüenzo de mi misma por no saber responder. Espero mejorar mucho para llegar a tener una conversación fluida.

-Pronto sus esfuerzos y dedicación serán kyomo.

-Un sueño que se hace realidad –respondí. El señor Chuang Lee cada día me enseñaba una palabra y me decía otra al azar.

-Muy bien. ¿le gustaría meditar?

-Claro.

-Creí que desistiría otra vez. ¿Qué la hizo cambiar de opinión? –me encogí de hombros.

-Shinyuu –conteste doblando la hoja en la que escribía y me levante de la silla-. Ah, y también shizuka, es muy reconfortante –shizuka, es la calma y sensación de serenidad del silencio y la tranquilidad.

-Me alegra escuchar eso.

Aquella tarde de meditación estuve en un estado de paz profunda, me sentí liberada por primera vez de todos los pesares y frustraciones

Fortaleza

de mi mente, el señor Chuang Lee me enseño la palabra que describe esta sensación; satori.

Después de todos esos años luchando por callar mi mente, al fin lo había conseguido y desde entonces acompañaba al señor Chuang Lee a meditar.

Kaizen es una filosofía de mejora, de seguir con el objetivo de mejorar cada día; el señor Chuang Lee me la enseño, me motivaba a alcanzar mi máximo potencial. Empezaba a dejarme llevar por las sensaciones de tranquilidad del momento, me sentía bien conmigo misma, podría decir que casi era feliz y vivía en el presente; le había comentado esto al señor Chuang Lee y su respuesta fue: Chowa, la armonía que te hace sentir en paz con la vida.

Pasado tres años me entere por una carta de la tía abuela Rose sobre la muerte de la abuela Perla; en su carta escribió que había muerto dormida, que sus últimos días estuvo rodeada de personas a las que le importaba. Lástima que ninguno de esas personas fueran sus hijos. A pesar de lo escrito en la carta por la tía Rose, yo sabía y tenía la certeza de que la abuela Perla no había muerto en paz, quizá sus últimos días estuvieron llenos de recuerdos buenos y malos, pesares y mucho remordimiento. Conocía a la abuela Perla, sabía que aparentaba estar bien cuando en el fondo la culpa por sus errores la carcomía lentamente.

-¿Le sucede algo malo, señorita Beth? —pregunto el señor Chuang Lee.

-No lo sé. Recibí una carta de la tía Rosé donde me informa sobre la muerte de mi abuela paterna. Murió hace unos días.

-Lo siento mucho, señorita Beth, debe sentirse muy mal.

-Es lo curioso, señor Chuang Lee; no siento nada, a pesar de mis esfuerzos por empatizar un poco con lo sucedido no puedo sentir nada. La situación es ajena a mí. Pienso que es el ciclo de la vida, naces, creces, envejeces y mueres, y luego nada; pasas a ser tan solo un recuerdo.

-Entiendo por lo que pasa. Cuando mis padres murieron no llore durante varios años y luego un buen día todas las lágrimas que había guardado se desbordaron y tarde mucho tiempo en secarlas. Creí que con el tiempo desparecería la kizuna, pero, en realidad no fue así, no es tan simple, no mientras aún los recuerde.

Kizuna simboliza la importancia de los lazos y vínculos entre las personas. Era a lo que se refería el señor Chuang Lee cuando hablaba de sus padres.

Tiempo después de recibir la carta de la tía abuela Rosé; una tarde de meditación volví al santuario, pasaron muchos años desde la última vez que estuve ahí. Había un charco de agua en el centro de aquel museo en ruinas, me acerqué al charco y no reconocí mi reflejo.

-¿Quién eres tú? –pregunte en voz alta.

Abrí los ojos y a mi lado estaba el señor Chuang Lee meditando, me levanté cautelosamente y fui directo a la habitación a mirarme en el espejo, nuevamente no reconocí mi reflejo.

-¿Quién eres tú? –pregunte susurrando –Tanto tiempo ha pasado que ya no puedo si quiera reconocerme –las lágrimas brotaron.

Cuando me di cuenta que todo era solo un recuerdo, comprendí porque estaba en el tren, en tiempo real estaba en meditación, pero, la mente no estaba en blanco.

El tren llevaba un largo tiempo atravesando un túnel y de pronto se detuvo, abrí la puerta del vagón y el olor a tierra mojada me produjo natsukashii, que significa nostalgia feliz. Es ese instante en el que la memoria se transporta a un bello recuerdo que te llena de dulzura. Baje del tren y me encontraba en la sala de la casa de mi niñez; contemple sus paredes mohosas y el techo deteriorado, di un último vistazo a mi antigua habitación, abrí la puerta principal y disfrute por última vez el paisaje montañoso que hace muchos años había perdido de vista. Boketto, es el acto de perder la mirada en la distancia, sin pensar en nada, fue justo lo que hice al observar por última vez el panorama que me acompañó por mucho tiempo en las ruinas que conocí como hogar, volteé para cerrar la puerta y me despedí de la casa.

Fortaleza

-Ya estamos en paz –dije.

Me aleje de la casa subiendo por una colina, al llegar a la cima observe en la lejanía la casita en el campo de la tía abuela Rose.

-¿Encontraste lo que buscabas? –pregunto Adams.

-Lo halle hace muchos años, ahora es momento de volver –dije sin apartar la vista de la casa.

-Fue un placer acompañarte en el camino –dijo Adams extendiéndome la mano, estreché mi mano en respuesta.

-¿Este es el final de nuestro viaje?

-Sí, lo es. cambiaste mucho, estoy orgulloso de ti. Maduraste mucho.

-Siempre lo fui.

-No es verdad. Lo único cierto es que siempre has sido una persona con mucha fuerza y resiliencia.

-Tal vez. Gracias por todo, viejo amigo –respondí mientras Adams desaparecía.

Abrí los ojos y el señor Chuang Lee estaba meditando, fui a la habitación y comencé a empacar mis cosas, tenía un sentimiento extraño invadiendo mi cuerpo, quería ver a la tía abuela Rosé y contarle en persona todo lo que había vivido durante cuatro años en Japón. Ordene la habitación, limpie toda la casa y la noche cayo, durante la cena estuve callada y el señor Chuang Lee interrumpió mi silencio.

-Llego una carta de su tía Rose, está dirigida a usted.

-Ah, sí. Ya la leí.

-¿La respondió tan pronto?

-En realidad no lo hice, solo la leí.

-Note que limpio toda la casa a profundidad, se lo agradezco mucho, señorita Beth.

-No es nada. Yo le agradezco a usted por recibirme en su casa y tenerme paciencia al enseñarme. Le debo mucho.

-No se preocupe por eso. Me alegra tener su compañía, usted me ha ayudado mucho en el taller –no respondí- ¿se siente bien, señorita Beth? –asentí con la cabeza- ¿le gustaría hablar sobre algo o prefiere estar en silencio?

-Estoy bien. Solo pensaba en algo que me tiene inquieta.

-¿Puedo saber de qué se trata?

-Por supuesto. Creo que extraño estar en casa con la tía Rose –el señor Chuang Lee sonrió.

-Nunca pensé escucharla decir esas palabras.

-Yo menos; en fin, lo pensé mucho y decidí que ya viene siendo hora de que regrese a casa, ya empaque mis pertenencias y voy a comprar mi boleto de regreso mañana.

-Entiendo. ¿Necesita que la acompañe?

-De hecho, pensaba en comprar dos boletos, ¿le gustaría acompañarme de regreso a casa? Así vería nuevamente a la tía abuela Rose. No se preocupe por los costos del viaje o la estadía, todo eso corre por mi cuenta, ahorre suficiente para este momento –el señor Chuang Lee permaneció en silencio por unos minutos y finalmente respondió.

-Sí, me gustaría mucho acompañarla y volver a ver a su tía Rose. Por supuesto que iré con usted mañana a comprar el billete para el viaje.

-Bien, muchas gracias por todo, prometo que cuando lo precise le retribuiré toda su ayuda. Siempre estaré en deuda con usted.

-Bien. No será necesario, lo hago con gusto.

-Me despedí de la casa esta tarde mientras meditaba.

-¿Y cómo se siente ahora?

-No siento nada, es como si ya no me importara, el recuerdo se siente ajeno a mí.

-Kibou, es la creencia de que sucederán cosas buenas en el futuro. Siempre tenga en cuenta esa palabra, señorita Beth. Siempre habrá días malos, pero, la esperanza de días mejores también persiste.

Fortaleza

-Aprendí una nueva palabra hace unos días, shikata ga nai es la palabra.

-El arte de aceptar lo que es inevitable y tomarlas como son –respondió el señor Chuang Lee-. Suena simple, pero, es compleja.

-Sí, lo es.

-¿Sabe el significado de la palabra tsundere?

-La palabra describe a las personas que tienen un comportamiento frio y reservado al principio, pero que con el tiempo se vuelven personas sensibles y amigables.

-Correcto. Usted es una de esas personas.

-Difiero de usted. No me veo como una persona amigable –el señor Chuang Lee se reía.

-En un principio no, pero, ya que llevo algunos años conociéndola me atrevo a decir, que tsundere la describe a la perfección.

-No creo que hubiera podido ser así sin su ayuda.

-Usted misma se ayudó, señorita Beth. Yo solo le enseñe las herramientas de las que disponía. Cuando la conocí, usted se veía atrapada en una pelota gigante compuesta de hilos negros y ahora regresara sin atadura alguna, y eso fue gracias a usted.

-No se reste merito –replique y termine de comer.

Espere a que el señor Chuang Lee terminara de comer, recogí la mesa y limpie todo, me fui a la habitación cerca de las nueve y cuarenta y me quede dormida apenas me acosté. Aquella noche soñé con mi versión de niña y me despedí de ella.

Al día siguiente el señor Chuang Lee me acompaño a comprar los boletos de avión, partiríamos en tres días; en el transcurso de esos tres días el señor Chuang Lee dejo todo preparado para su partida, llamo a su amigo para que se encargara del taller en su ausencia.

El señor Chuang Lee me pedía opinión con respecto a la vestimenta que llevaría, me mostro más de diez atuendos para ayudarlo a decidir con cual vería de nuevo a la tía Rose.

-¿Por qué tantos atuendos? ¿Qué le preocupa?

-Nada, es solo que me gustaría dar una buena impresión, hace años que no nos vemos y me siento un poco ansioso.

-Pues todos se ven bien, mi única objeción es que debería descartar ciertos trajes que noto un poco abrigados para el clima caluroso del campo.

-Cierto, olvide que allá hace calor todo el año.

-Empaque solo lo necesario y ropa ligera, pero, lo más importante es que lleve ropa cómoda.

-Está bien, haré eso. Agradezco su atención.

-Ok, si necesita algo más, me avisa –el señor Chuang Lee asintió con la cabeza.

Los días pasaron rápido, mi último día en Japón se sintió muy surrealista, tal vez por el hecho de que sentía que mi vida en Japón había llegado a su fin, los sentimientos de melancolía brotaron cuando aborde el avión y este despego minutos después, observe por la ventana la hermosa ciudad de kakunodate por última vez y sonríe.

El viaje fue un poco largo y con algunas turbulencias. Al llegar a la capital que se mantenía igual que la última vez que estuve allí, nos dirigimos a la terminal y abordamos un bus hacia el campo, fueron unas veinticuatro horas de viaje por carretera que aproveche para contarle al señor Chuang Lee sobre todas las reformas que le hicimos la tía Rose y yo a la casa. Un taxi nos llevó hasta la casa de la tía abuela Rose; bajamos las maletas al llegar y atravesamos el jardín delantero, los árboles que plante con la ayuda de la tía Rose habían crecido mucho y estaban floreciendo. Nos detuvimos en la entrada principal y toque a la puerta; la tía abuela Rose nos abrió y se dibujó una expresión de sorpresa genuina a pesar de que la había comunicado acerca de mi regreso.

-Sorpresa –dije, a la tía Rose se le salieron las lágrimas y me abrazo.

-Bienvenida a casa, mi niña. Me hiciste mucha falta.

-A mí también, tía Rose, te extrañe.

Fortaleza

-Hola, Rose –dijo el señor Chuang Lee con los ojos empañados.

-Hola, viejo amigo. Bienvenido de vuelta –respondió en un abrazo la tía Rose.

Hay una palabra japonesa que describe a la perfección todos los aspectos del largo viaje que emprendí para descubrirme, es henko, que se refiriere a un cambio profundo que transforma, una vez que haces este cambio no hay punto de retorno, ya no puedes volver al principio, algunos lo llaman ser la mejor versión de sí mismos; evolucionamos como ya lo había mencionado. Durante mi travesía tanto el señor Chuang Lee como la tía Rose, me ensañaron sobre el seijaku, que es la calma en medio del caos, y a seguir a pesar de todo. Gamanzuyoi, es la perseverancia y la resistencia de seguir adelante a pesar de los obstáculos que puedan presentarse; eso fue lo que aprendí en compañía del señor Chuang Lee, si bien, aun soy inexperta en temas complejos de la vida, y una que otras veces los pensamientos me sobrepasan, pero, nunca más como antes, me atrevo a decir que ya no me rijo por las etiquetas ni estándares que las personas con las que viví me impusieron, ya no me reprimo y me siento realmente mejor conmigo misma y con mi pasado. Creo que la abuela diría en estos momentos que ya no le teme a la muerte en este punto de la vida, he sobrevivido a mi pasado y las cicatrices que llevo son prueba de ello, si la muerte pasara por mí en este momento la recibiría con gusto y me iría sabiendo que gane la guerra contra mí misma.

Fin.